KB272312

장갑없이 눈물을 닦지 마세요
1

요나스 가르델 지음 · 윤지산 옮김

TORKA ALDRIG TÅRAR UTAN HANDSKAR. 1

한 시대와 한 장소에 관한 이야기가 있습니다.

이 소설에 담은 일은 실제로 일어난 것입니다.

바로 이곳, 이 도시의 동네에서, 이곳에 삶을 꾸리는 사람들 사이에서.

이 도시의 공원에서, 야외 카페와 바, 사우나 클럽,

포르노 영화관, 병원, 교회, 그리고 묘지에서.

거리와 집안에서, 바로 이 도시의 사람들 사이에서 말입니다.

여기에 담긴 사건은 동시에 많은 다른 곳에서도 일어났지만,

그 이야기는 다른 이들이 전할 것입니다.

또한 이 이야기 속 사건은 지금도, 계속해서 일어나고 있지만,

그것은 이 이야기의 일부는 아닙니다.

비록 이 이야기가 지금 이 순간까지 계속되지만 말입니다.

이야기를 전하는 것은 하나의 의무입니다.

존경과 애도의 표시이자, 기억의 행위입니다.

망각과 싸우는 기억의 투쟁인 것입니다.

8월 하늘은 구름 한 점 없이 맑았고, 여름 열기는 격리 병실의 밀폐된 창을 뚫지 못했다. 햇살은 환하고 가벼웠지만, 이곳의 공기는 무겁고 조용했다. 병상 위에 누운 남자는 뼛속까지 야위어 있었고, 살갗은 검붉은 종양으로 얼룩져 있었다. 카포시 육종. 원래는 지중해 노인들 사이에서 천천히 진행되는 질병이었지만, 이 병종은 훨씬 더 빠르고 거칠었다. 미국에서 시작한 이 신종 바이러스는 그를 순식간에, 그리고 무자비하게 침식했다.

팔과 목, 얼굴을 따라 암갈색 반점이 퍼졌고 등에 생긴 욕창은 그를 더욱 고통스럽게 했다. 몸은 거의 투명할 정도로 앙상해졌고 끊이지 않는 설사는 장기마저 몸 밖으로 내쫓으려는 듯했다. 그는 말을 잃었고 찾아오는 이 하나 없었다. 오직 고요한 병실과 침묵만이 침대를 지켜줄 뿐이었다. 때때로 흘러내리는 눈물. 그 눈물이 고통 때문인지, 아니면 잊힌 삶에 대한 슬픔 때문인지 아무도 알수 없었다.

병실엔 냉기가 깃들어 있었다. 문은 단 한 번도 열린 적 없었고 정원으로 이어지는 도어락 하나가 유일한 출구였다. 그곳은 세상으로부터 완전히 차단된 섬 같았다. 그 안에서 여성 두 명이 조용히 움직였다. 나이 든 간호사와 이제 막 일을 배우기 시작한 젊은 간호조무사였다. 둘은 노란 방호복과 비닐 장갑, 마스크로 얼굴을 가린 채, 사제가 제단을 살피듯 조심스럽게 남자의 몸을 돌보았다.

젊은 조무사는 욕창을 감싼 붕대를 갈다 말고 잠시 장갑을 벗어 손을 내밀었다. 시트를 정리하려던 손끝은 어느새 남자의 뺨을 닦고 있었다. 식은땀과 함께 흘러내린 눈물. 연민과 어쩌면 막연한 동정이 깃든 손길이었다. 곁에 있던 간호사는 단호하게 눈을 부라리며 그 손짓을 막았다. 남자는 고개를 돌려 눈을 감았고 울음은 멈추지 않았다. 일을 마친 두 사람은 병실을 조용히 빠져나갔다. 남자는 다시 혼자였다. 움직일 수 없는 몸, 멈추지 않는 통증, 그리고 끝내 이르지 못한 말들만이 남겨진 채.

"당장 손부터 철저히 소독해!"

그들은 이중 잠금장치가 된 도어락을 지나, 격리 병동 바깥의 차가운 뜰에 서 있었다. 간호사는 어린 조무사를 꾸짖으며 목소리를 낮추었다. 간호조무사는 무언가 이해할 수 없다는 듯 눈을 깜빡였다. 노련한 간호사는 단호하게 이유를 말했다.

"환자 눈물을 닦아줄 때는 반드시 장갑을 껴야해."

"하지만, 그 사람은 너무 슬퍼 보였어요."

풀이 죽은 조무사의 목소리는 떨렸다.

나이가 지긋한 간호사는 고개를 절레절레 저으며 숨을 들이켰다.

"절차를 알아야 해. 침대를 정리할 때도, 목이 마른지 물어보려고 환자 방에 들어설 때도, 손은 깨끗이 씻어야 하고 장갑과 마스크, 그리고 노란 방호복을 입어야 해. 단 하나의 예외도 없어. 동정심보다 중요한 건 병원 규칙이야. 이해했니?"

"하지만⋯."

조무사는 망설이며 말을 잇다가 간호사에게 제지당했다.

"이제 확실히 알겠지? 장갑 없이 환자 눈물을 닦는 일은 결코 없어야 해."

그녀는 머리를 저으며 천천히 걸음을 옮겼다. 그 자리에 남은 건 무거운 침묵뿐이었다.

작고 소박한 오두막 하나, 바다로 가파르게 내리꽂힌 벼랑 끝에 아슬아슬하게 서 있었다. 마치 낭떠러지 끝에서 바다를 굽어보는 새둥지 같았다. 친정에서 물려받은 이 오두막은 여름 별장이라기보다, 가족의 둥지였다. 해변과 나란히 놓인 집은 만 쪽으로 살짝 솟아, 베란다에서는 끝없이 펼쳐진 바다와 지는 해가 한눈에 들어왔다. 남향으로 바람 한 점 없이 고요했다.

"『파수대[1]』 같아."

____

1 『파수대』(把守臺, The Watchtower)는 여호와의 증인이 정기적으로 발행하는 성경 브로슈어이다. 1879년부터 발행했으므로, 역사가 143여 년이다. 16면, 또는 32면으로 이루어진 잡지 형식으로 배부용 연 3회, 여호와의 증인 연구용 월 1회, 매호 419개 언어로 전

아버지는 농담처럼 말했지만, 진심이 담겨 있었다. 베란다는 그들 가족의 파수대였다. 도시의 삶은 늘 축축하고 우울했으나, 이곳에 오면 마치 빛이 쏟아졌다. 시선이 닿는 모든 곳은 투명한 빛으로 채워졌다. 도시와 별장은 마치 두 세계처럼 달랐다. 하나는 종말을 예고하는 그림자 같은 인류의 세계, 그리고 또 하나는 여호와께서 창조하신 빛의 세계, 우리를 기다리는 신성한 공간이었다.

어린 베니아민이 훗날 회상할 때 가장 먼저 떠올린 것은 바로 이 여름 별장일 것이다. 초현실적으로 빛나는 바다, 눈부신 햇살, 베란다 그리고 낡은 계단을 따라 내려가는 방파제와 해변. 이 모든 것이 그의 기억 속에 영원히 남을 풍경이다.

어느 이른 여름 저녁, 갈매기 떼가 노래했고 만 아래 황금빛 태양은 찬란히 빛났다. 베란다 유리창은 햇빛을 받아 반짝였다. 겨울은 물러갔고 세상은 마치 여호와께서 새 왕국을 세우셨을 때의 바다처럼 고요했다.

"나는 신천지를 보았다. 첫 하늘과 첫 땅이 사라지고 바다는 더 이상 존재하지 않았다."

그들은 청어 낚시에 삐져 시간을 보냈고 어머니는 주방에서 바삭하게 튀긴 생선을 굽고 있었다. 베니아민과 여동생 마르가레타는 바닥에 뒹굴며 놀았다. 그동안 겨우내 기다려온 이 순간, 마침내 그들은 별장에 와 있었다.

천천히, 오두막은 다시 생기를 되찾았다. 토요일 아침, 그들이 문을 열고 들어서자 겨울 동안 멈춰있던 시간이 다시 흐르기 시작했다. 마르가레타가 갖고 놀던 인형은 졸린 눈으로 구석에 처박혀 있었다. 작년 가을, 남매가 놀이에 빠져있던 때, 가족은 별장을 떠나야 했다.

식탁 위에는 1969년 10월 7일자 신문이 펼쳐져 있었다. 한 해 전 신문이었다. 베니아민은 헤드라인을 또렷하게 읽었다. 겨울 내내 그는 글을 배우기 시작했고 이제는 자신 있게 소리 내 읽을 수 있었다.

주말 내내 그들은 별장을 청소하고 환기시키며 시트를 세탁했다. 베니아민과 마르가레타는 집 안을 뛰어다니며 장난쳤고 아버지는 웃음을 지었다. 어머니가 저녁을 준비하는 동안, 아버지는 베란다 창문을 닦았다. 남매가 잠시도 가만있지 않아도 아버지는 성가시지 않았다. 마르가레타가 베란다 난간 위로 올라갔을 때도, 아버지는 손길을 멈추지 않고 조심스레 딸에게 말했다.

"마르가레타, 난간 위로 올라가지 마. 떨어질 수도 있어."

"안 떨어져요."

"네가 그걸 어떻게 알아?"

아버지는 창문 닦기에 집중하며 대답했다. 그는 이런 일을 사랑했다. 물건을 깨끗이 닦고 묵은 때를 지우는 것, 그리고 다시 본래 자리로 돌려놓는 것. 파도가 모래성을 허물고 발자국을 지우면서 모래사장을 평평하고 아름답게 만드는 것과 같았다. 그는 무엇이든 바로잡으려고 했다. 베니아민은 잠시 멈춰 난간에 기대어, 바다로 가파르게 떨어지는 절벽을 바라보았다. 그 아찔함에 속이 울렁거렸다. 어머니는 접시와 포크, 잔을 나르며 저녁을 차렸다.

"거기서 떨어지면 죽을 수도 있어?"

베니아민은 물었다. 남매는 높은 곳에 있었고 떨어진다는 것은 죄를 짓는 것과 같았다. 추락하는 이는 신에 도전하는 자였다.

"나도 보고 싶어."

마르가레타는 난간 위에서 몸을 앞으로 내밀며 말했다. 오빠를 따라 웃었다. 태양은 빛나고 갈매기 떼는 노래했다. 어머니는 능숙하고 정성스레 접시를 세팅했다. 베니아민의 몸은 긴장으로 뻣뻣해졌고 내면은 마치 중심을 잃은 듯 요동쳤다.

마르가레타가 웃으며 더 높이 올라가 몸을 앞으로 내밀다가 손아귀가 풀렸다. 그녀는 천천히, 이내 빠르게 떨어졌다. 그순간, 창문을 닦던 아버지가 즉시 일어나 딸을 받아냈다. 마르가레타는 두려워할 틈도 없이 아버지의 팔에 안겼다. 난간에서 떨어지려던 딸을 품에 안았다. 동시에 아버지는 침착하게 아들의 질문에 확신에 찬 목소리로 대답했다.

"베니아민, 이런 건 반드시 확인해야 해."

토론은 거기서 끝났다.

"어쨌든, 청어 요리가 다 됐어!"

어머니는 음식을 가지러 집 안으로 들어갔다. 가족은 베란다 식탁에 둘러앉았다. 아버지가 기도를 이끌었고 감자 범벅과 튀긴 청어를 먹었다. 아이들은 손으로 음식을 집어 입에 넣었다. 어머니는 저녁 시간이 가족이 대화를 나누는 시간이라 생각했다. 그래서 말을 꺼냈다.

"날씨가 참 좋구나."

질문이 아닌, 가족이 함께 나누는 평범한 이야기였다.

"이따 수영하러 갈래요?"

베니아민이 음식을 씹으며 물었다.

"베니아민, 식사할 땐 포크를 써야지."

아버지는 접시에서 눈을 떼지 않고 말했다.

"나중에 수영하러 가실래요?"

"5월 밤이 이렇게 따뜻하다니, 운이 참 좋구나."

"좋아, 같이 가자. 이번 여름은 길 거야."

어머니가 말했다.

아버지가 덧붙였다.

"베니아민, 이제 일곱 살이잖아. 손으로 먹지 말고 포크를 써야 해."

남쪽 병원의 53구역 5호 병동, 또 다른 병실은 온통 하얀 벽으로 둘러싸여 있었다. 그래픽 포스터 단 한 점만 벽에 걸려 있었다. 겹쳐진 직사각형의 단순한 그림이었지만, 누군가 이 차가운 공간에 조금이나마 따뜻함을 더해보려 애쓴 흔적이었다.

침대 옆에는 면포로 덮인 탁자 위로 식염수 병과 약병들이 가지런히 놓여 있었고 그 사이에 붉은 튤립 한 송이가 화병 속에서 고요히 피어 있었다. 탁자 위에는 어제 날짜인 1989년 3월 10일자 신문이 펼쳐져 있었고 빨대가 꽂힌 주스잔도 놓여 있었다.

침대 끝에는 정맥 주사 거치대가 서 있었고 침대에 누운 젊은 남자의 코와 연결된 튜브가 그를 삶과 연결해주는 유일한 끈처럼 보였다. 그의 팔에는 모르핀과 항생제, 영양제가 주사되고 있었다.

침대 옆 의자에는 또 다른 젊은 남자가 앉아 있었다. 아침 일찍 몇몇 친구가 방문했다가 돌아간 뒤였고 지금은 그가 환자를 위해 시를 크게 읽어주고 있었다.

"다음은 카린 보위에 시입니다."

그가 말을 시작했다.

"그때 우리의 여름은 영원할 것 같았지. 끝없을 것 같은 여름날을 우리는 배회했지."

그는 잠시 창밖을 힐끗 바라보았다. 겨울이었다. 창문은 단단히 닫혀 있었고 이 병실 안 모든 것이 철저히 격리되어 있었다.

눈을 감은 그는 5월의 이른 저녁을 떠올렸다. 무언가를 막 시작하려던 순간, 버드체리 꽃 향이 창틈으로 스며들던 그때. 그들이 기다려온 여름, 마침내 도착한 희망과 목표였다.

여름까지만 해도 그들은 대화를 나누고 손을 맞잡을 수 있었다. 그 기억은 그를 더 깊은 절망으로 이끌었다.

눈을 뜬 그는 다시 이곳에 있었다. 닫힌 창문 너머 바깥 세상과 단절된, 소독약과 불분명하고 역겨운 냄새로 가득한 병실 안에. 그리고 곧 이곳에 익숙해질 것임을 알고 있었다.

◆

"배불러요. 이제 그만 먹어도 될까요?"

마르가레타가 조심스레 입을 열었다.

"배가 꽉 찼니?"

어머니가 다정한 미소를 지으며 되물었고 베니아민도 이내 자리에서 일어났다.

"저도요! 수영하러 가도 될까요?"

소년은 돌아서며, 막 닦은 유리창에 비친 자신의 모습을 한참 바라보았다.

"수영하기엔 아직 물이 너무 차가워."

아버지의 목소리는 단호했다.

"전 하나도 안 차요!"

마르가레타는 태연하게 대꾸했다.

"그걸 네가 어떻게 아는데?"

어머니가 물었고 곧 남편을 위해 물을 끓이기 시작했다.

"커피 드릴까요, 잉마르?"

"그래, 고마워요. 그런데 너희 둘, 수영은 조금 있다 하자. 삼십 분쯤 기다려야 해. 그래야 몸이 충분히 풀리거든."

베니아민은 다시 창가로 걸어가 바깥을 바라보았다. 유리 너머 흐릿하게 일렁이는 바다와 그 앞에 선 자신의 모습이 서로 겹쳐져 있었다. 마치 그 속으로 빨려 들어갈 듯 서 있었다. 조용히, 천천히 팔을 들어 올렸다. 마치 거울 속 소년이 먼저 움직이기라도 한 것처럼. 고개를 이리저리 기울이며, 자신의 눈동자를 들여다보았다. 낯설면서도 익숙한 얼굴이었다. 그리고 조심스레 손바닥을 유리 위에 얹었다. 차가운 표면에 닿은 살갗에서 온기가 전해지며 손자국이 선명히 남았다.

"왜 그래?"

아버지의 목소리가 뜻밖에도 날카로웠다.

"방금 닦은 창문인데."

그제야 베니아민은 정신이 번쩍 들었다. 자신의 손이 남긴 흔적을 내려다보며 생각했다.

'나는 여기 있어.'

그 순간은 갑작스러우면서도 벅찬 깨달음이었다. 존재한다는 것, 그리고 누군가로서 이곳에 있다는 것. 바람, 햇살, 손자국, 습기를 머금은 바닷바람까지, 모든 것이 선명하게 그의 내면에 새겨졌다. 여름 저녁, 베란다, 창문, 바다, 손자국. 이 모든 것이 영혼의 첫 기억으로 오랫동안 마음 깊이 살아남을 것이다.

"지금 당장 걸레로 그 손자국 지워."

아버지는 여전히 조용한 목소리로 식사를 이어갔다.

그에게는 꾸짖음이 필요 없었다. 그저 말하면, 그뿐이었다. 가족 모두 자연스럽게 그의 말을 따랐다. 베니아민은 아버지를 사랑했다. 그의 단호함과 고요한 권위를 존중했다. 자신도 기꺼이 아버지의 규칙을 따랐고 그것이 옳다고 믿었다.

"괜찮아요!"

소년은 환한 미소를 지으며 말했다.

"전 창문 닦는 거 좋아해요."

젊은 남자가 병상에서 눈을 떴다. 숨이 거칠고 불안한 눈빛이 천장을 헤맸다. 이마에 식은땀이 맺혔고 그의 가슴은 두려움으로 무겁게 일렁였다. 그는 마치 기도하듯 손바닥을 위로 펼쳤고 입술은 떨렸으며, 눈물은 얼굴을 따라 조용히 흘렀다. 멈출 수 없었다. 세상이 조용히 그를 떠나가는 것 같았다.

그 곁엔 또 다른 젊은 남자가 앉아 있었다. 그는 침묵 속에서 무너지는 사람의 눈물을 외면하려 애썼다. 대신 책을 펼쳐 들고 시를 읽었다. 입술은 낮게 떨렸고 목소리는 조심스럽게 이어졌다. 무너지지 않기 위해, 누군가를 지켜내기 위해, 그는 침착함을 가장해야 했다. 설득하려면 품위가 필요했고 사랑하려면 절제가 필요했다.

"우리는 바닥이 없는 향기로운 푸른 깊은 곳으로 가라앉습니다."

그는 속으로 울고 있었다. 소리 내어 울 수 없었고 사랑하는 이를 껴안을 수도 없었다. 대신, 카린 보이에의 시 구절 하나하나를 움켜쥐며 버텨야 했다. 죽어가는 이를 향한 사랑이 너무 커서, 말로는 닿을 수 없어서.

"어둠이 몰려와도 두려워하지 않습니다."

병상의 환자는 두려움에 눈동자를 이리저리 굴렸다. 공기조차 무거워 숨이 막혔고 그는 자신이 죽어가고 있음을 알고 있었다. 그는 죽음이 두려웠고 떠나는 것이 슬펐다. 남는 자도 마찬가지였다.

◆

저녁의 해변. 아이 둘이 물가를 따라 놀고 있었다. 햇살이 아직 바다를 비추고 있었고 자작나무와 버드나무는 붉게 물들었다. 마르가레타와 베니아민은 벌거숭이 몸으로 찬 바다 속을 거침없이 걸었다. 물은 차가웠지만, 오랫동안 기다린 여름이라 멈출 수는 없었다.

"베니아민, 물이 차!"

어머니가 외쳤다.

"배꼽 아래까지만!"

아버지가 뒤따라 덧붙였다.

베니아민은 멈추지 않았다. 물속으로 천천히, 조심스레 몸을 낮췄다. 바다는 차가웠지만, 아이는 그것을 견뎌냈다.

그때 병상에서는 또 다른 청년이 시를 계속 읽고 있었다. 그는 계속해서 사랑하는 이에게 생명을 불어넣으려 애쓰는 중이었다.

"우리 사이의 영원은 어디로 사라질까….."

시를 읽던 목소리는 기도 같고 동시에 믿음을 잃어버린 자의 탄식이기도 했다. 그들은 기도했고 아무도 듣지 않는 곳에서 속삭였다. 청년은 책장을 넘겼고 환자의 숨소리는 점점 짧고 가팔라졌다. 작은 새처럼, 겁에 질린 한 생명이 가느다란 숨결을 토해냈다.

청년은 조심스레 일어나 그의 얼굴을 닦아주었다. 더는 참지 못하고 환자는 울었고 청년은 그의 가슴 위에 손을 얹었다. 아직 심장은 뛰고 있었다. 아직은.

다시 바다.

베니아민은 물속으로 뛰어들어갔다가 환희에 찬 얼굴로 수면 위로 솟구쳤다.

"잠수했어요! 보셨어요?"

기쁨에 찬 외침이 바다에 울려 퍼졌고 아이는 또다시 머리를 물속으로 밀어 넣었다. 아버지는 그 모습을 보지도 않고 대답했다.

"아주 좋아!"

그러나 어머니는 손짓하며 말했다.

"지금 돌아와야 해요. 얼어 죽기 전에."

그녀는 아이들을 바라보며 살짝 웃었다.

"그때 우리의 여름은 영원할 것 같았지….'"

그러고는 남편의 손을 부드럽게 잡았다. 하지만 그는 타월을 챙기느라, 그녀의 손길을 느끼지 못했다. 그녀의 사랑은 받아들여지지 않았고 찬 기운이 둘 사이를 스쳤다.

"애들아, 돌아오라고 했잖아!"

아버지는 수건을 들고 바다로 향했다. 마치 소환장을 전달하듯 단호하게. 아이들은 그 품으로 달려왔다. 그 품은 서늘한 바닷바람 속에서 유일하게 따뜻한 곳이었다. 마치 수호천사처럼, 아버지는 아이들을 안아 감쌌다.

밤이 되었다. 침대 위와 아래로 아이들은 각각 누웠고 어머니는 곁에 앉아 저녁 기도를 읽었다. 잠옷 위 작은 코끼리가 균형을 잡고 있었고 소년은 인형들에게 자리를 내어주고 몸을 웅크렸다. 마치 태아처럼.

어머니의 목소리가 방을 감쌌다.

"여호와 주님, 불타는 덤불에서 모세에게 말씀하신 분, 백성을 인도해 홍해를 갈라내신 분, 오늘 하루를 허락해 주셔서 감사합니다. 저희 가족이 평안히 잘 수 있도록 지켜주소서."

소년은 숨을 죽이고 들었다. 테디 베어와 고양이는 여전히 곁에 있었고 창밖 밤바람이 블라인드를 살짝 흔들었다. 모든 것이 정해진 듯, 예정된 것처럼 정확하게 맞아들었다. 소년은 어머니의 기도를 들으며 천천히 잠에 들었다. 어머니가 그 모습을 보았다면, 미소 짓고 있다고 믿었을 것이다.

그 시간, 잉마르는 부엌을 정리하고 있었다. 어깨에 키친타월을 걸친 채 설거지를 마무리했다. 행주를 다시 들어 구석을 닦았다. 아내가 이미 정리했더라도, 그는 한 번 더 손질했다. 그것이 불만이어서가 아니라, 그는 그렇게 하는 것을 좋아했기 때문이었다.

창조의 일곱째 날, 신이 "보기에 좋았다"고 말씀하셨을 때도 아마 이런 기분이었을까. 만족, 절제, 청결. 신의 질서가 이루어지는 순간. 잉마르는 그 질서 속에서 오늘을 마무리하며, 다음 날을 기다렸다. 신이 바라시는 대로, 오늘 밤이 오고 내일 아침은 반드시 찾아올 것이다.

◆

그들은 준비되어 있었다.

늦은 석양이 창가를 물들일 때, 아들의 손자국이 불현듯 그의 눈에 들어왔다. 저녁 햇살에도 손가락 다섯 개가 뚜렷했다. 베니아민은 분명 걸레로 닦았지만, 유리 위에는 아직도 희미하게 흔적이 남아 있었다. 그는 그 순간을 기억하고 있었다. 아들이 창에 손을 대고 그것을 바라보며 자신의 존재를 느꼈던 그 날 저녁을. 하지만 지금은 다시, 아이들과 해야 할 일이 있었다. 아이들은 잠들었고 이 사소한 일을 다시 들추는 건 의미 없었다. 그렇다고 그대로 두기에도 어딘가 마음에 걸렸다.

그는 어깨에 걸친 키친타월을 풀고 조용히 창가로 걸어갔다. 손자국은 크고 또렷했다. 마치 바다 위에 떨어진 태양처럼. 그는 잠시 그 앞에 멈춰 섰다. 그 자국 속에서 아들의 존재가, 그의 손가락 하나하나가, 작고 완벽하게 살아 있었다. 이 작은 형상이야말로 자신이 받은 선물임을 느꼈다. 아버지로서 신뢰받고 있다는 뿌듯함. 두 생명의 무게를 짊어진 자로서의 책임감. 그는 속으로 조용히 여호와께 감사했다. 아이들이 여호와의 이름을 신성하게 하며 살아가기를, 그 믿음 안에서 자라나기를 간절히 바랐다.

오랫동안 그는 그 흔적을 바라보았다. 그것은 유리에 찍힌 손자국이 아니라, 그의 기억이었고 믿음이었으며, 사랑이자 두려움이었다. 아들의 손은 작았고 그 흔적은 석기 시대 동굴 벽화처럼 아득했다. 태양은 만(灣) 너머로 떨어지고 있었고 그 순간 모든 것이 멈춘 듯했다.

그러나 결국, 그는 망설임 없이 손자국을 닦았다. 의심하지 않았다. 그것이 아버지로서 자신이 해야 할 일이었기에. 창유리는 다시 깨끗해졌고 유리 위에는 오직 지는 해의 빛과 하늘만이 남았다.

병상 위 청년은 여전히 숨을 쉬고 있었다. 한 번에 한 번, 얇고 거친 숨. 병실의 모든 사물이 그 숨소리를 지켜보는 듯했다. 옆에 앉은 또 다른 청년은 침착하려 애쓰며 목소리를 삼켰다.

의심하라. 그러나 의심할 수 없었다. 의심은 어떤 신보다도 무서운 것이기에.

한 아이가 거실 창가에 얼굴을 바싹 대고 서 있었다. 라스무스. 유리 너머에는 조용한 정원과 가지런한 데이지, 정돈된 길, 그리고 그 길 너머 펜스가 있었다. 그 펜스 너머에는 세상이 있었다. 길은 코폼까지 이어지고 다시 그 너머로도 이어졌다. 그 길로 어디든 갈 수 있을 것 같았다. 그날 그는 몇 시간이고 펜스에 기대 서 있었다. 지나가는 차를 바라보며, 차 안의 누군가를 상상했다. 그들은 행복했으며, 그들은 언제나 남자였다.

"라스무스?"

부엌에서 엄마가 나왔다.

그는 여전히 창에 이마를 기댄 채 서 있었다. 창턱엔 늘 놓여 있던 보라색 페튜니아 화분이 있었다. 변하지 않는 것들이었다. 모든 게 항상 그 자리에 있었다. 어릴 적, 그는 한 번 정원을 가득 채운 꽃들을 모조리 꺾은 적이 있다. 그 이야기는 손님들 앞에서 늘 유쾌한 기억처럼 회자되었다.

그는 입김을 불고 서린 유리에 손가락으로 자기 이름을 썼다.

"라스무스."

"그래, 라스무스라고 쓰여 있네."

엄마는 가까이 다가와 머리에서 목덜미까지 쓰다듬었다.

"밖에서 놀지 그러니? 에릭네 아이들도 나와 있었는데."

하지만 라스무스는 듣지 않았다. 그는 자신의 세계 안에 갇혀 있었다. 손끝으로 쓴 이름이 사라질까 두려운 듯, 창문을 뚫어지게 바라보았다.

"엄마, 봐요! 내 이름이 곧 사라져요!"

그는 소리쳤다.

병원. 간호사가 달려왔다. 환자의 곁에 앉은 청년은 환자 입가에 귀를 대고 있었다.

"그가 숨을 쉬지 않아요!"

그는 절규했다.

간호사는 거울을 꺼내 조심스럽게 환자 입 앞에 가져갔다.

"보세요, 숨 쉬고 있어요."

서린 입김 위로, 희미하게 몇 글자가 떠올랐다.

라스무스.

어머니는 아들의 뺨을 쓰다듬었다. 아들은 그녀의 유일한 기적이었다. 삶의 모든 의미였다. 그녀의 손끝이 닿을 때마다, 아이는 손에 닿지 않는 허상처럼 느껴졌다. 한순간 찾아왔다가 곧 사라져버릴지도 모르는 섬처럼. 그녀는 알고 있었다. 이런 사랑은 때때로 걱정과 비탄으로 물든다는 것을. 그리고 그 무게는 결코 사라지지 않을 거라는 것을. 하지만 그것이 아들의 무게라면, 그녀는 그 무게와 함께 살아갈 수 있을 것이다. 설령 그것이 부재의 무게라 해도.

아들이 아직 아기였을 때, 어머니의 가슴 위에서 발돋움하곤 했다. 어머니가 손을 내밀어 아들을 잡으면, 아들은 환하게 웃었고 눈동자는 기쁨과 즐거움으로 빛났다. 어머니는 가슴으로 아들의 무게를 느꼈다. 지금도 예전과 같은 압박과 무게를 느끼지만, 그것은 이제 아들이 없는 자리에서 오는 무게였다.

만약 다시 한 번, 웃음 가득한 아들의 눈을 볼 수 있다면, 어머니는 그 무게를 다시금 느낄 수 있을 것이다. 그러나 아들을 볼 수 없고 메아리나 그림자 속에서 떠올릴 수밖에 없다면, 어머니는 진성한 비반이 무엇인시 깨닫게 될 것이다. 아들을 잃는 것, 다시는 볼 수 없다는 것, 영원히 다시는 만질 수 없다는 것. 어머니의 가슴에 남는 것은 무게와 압박, 그리고 환영처럼 스며드는 고통뿐일 것이다.

아들이 곁에 있어도, 어머니는 그의 목과 머리카락을 조심스레 어루만지며 울었다. 아들이 곧 자신을 떠날 것임을 알았기 때문이다. 결국 그렇게 될 것이다. 아들은 어머니 곁을 떠나려 한다.

마치 아침 안개처럼, 흩어지는 증기처럼, 너무 쉽게 사라지는 하지만 너무나 소중한 존재…

걱정스러운 마음으로 그녀는 아들을 부드럽게 감쌌다. 맞은편 길 건너편에서 이웃 소년 에릭이 다른 아이들과 놀고 있었다. 라스무스는 지금 이곳에 함께 있기보다, 밖에서 달리고 뛰어야 했다. 유리에 입김을 불어 자기 이름을 써서는 안 되는 것처럼.

"왜 너는 다른 아이들과 놀지 않아?"

그녀는 대답을 기대하지 않았다. 이미 아들은 멀리 떠나간 것만 같았다.

또 다른 세계로.

1년이 흘렀다.

풍경은 많이 변해 있었다. 라스무스는 창문에 비친 자신의 얼굴을 바라보았다. 그의 유년은 끝났다. 객차는 텅 비어 있었고 간혹 신사가 담배를 피우러 흡연 객차에 올라올 뿐이었다. 말없이 담배를 피우던 그 신사는 라스무스에게 인사 한마디 건네지 않고 다시 돌아갔다. 재떨이는 꽁초로 가득했다. 화재나 사고를 막기 위해, 어떤 물건도 밖으로 버리지 말라는 작은 경고문이 붙어 있었다.

라스무스는 아버지의 낡은 코트를 입었다. 너무 컸다. 코트가 그를 감싸 안았다. 창밖으로 들판과 숲, 고속도로, 작은 도시가 흘러 갔다.

객차는 마치 캡슐 같았다. 그는 지금 떠나고 있었다. 모든 것을 뒤로하고 새로운 삶을 찾아 떠났다. 다시는 돌아가지 않으려 했다. 한 번도 본 적 없는 집으로 가는 길이었다.

승무원이 문을 열고 들어왔다. 유니폼 덕분에 위엄 있어 보였다. 넓은 턱, 짙은 수염, 따뜻한 갈색 눈.

"다음 정차역은 카트리네홀름입니다.

"그다음은 쇠데르텔리에 남역입니다.

라스무스는 승무원의 눈을 따라갔다. 순간, 둘의 눈길이 마주쳤다. 서로의 마음을 읽은 듯한 묵약 같은 순간이었다. 어쩌면 라스무스의 상상일지도 몰랐다.

승무원은 객실 문을 닫고 나가 다른 객실을 점검했다. 라스무스는 설레는 마음에 몸을 앞으로 숙이고 손으로 눈을 문지른 뒤, 얼굴을 차창 쪽으로 돌렸다. 한 번은 응급실에서 젊은 의사가 자신을 부드럽게 만졌을 때, 라스무스는 크게 흔들렸다. 의사도 갈색 눈이었고 눈길도 따뜻했다. 옴모트포르스에서 살로텐베리까지 가는 기차 안에서, 어떤 남자가 무릎을 라스무스 쪽으로 밀어왔던 적도 있었다. 그들은 그렇게 앉아 있었디. 마치 묵계가 있었던 것처럼.

아르비카 실내 수영장 사우나에서는 어떤 남자가 라스무스와 둘만 남았을 때 갑자기 더듬기도 했다. 그때 라스무스는 몹시 당황했다. 몸을 가릴 수건도 없었다. 그 남자는 꽤 잘생긴 노인이었고 라스무스가 겨우 열여섯 살 때였다. 나중에 그 노인은 라스무스를 옷 방으로 유혹하려 했다. 저항할 수 없을 만큼 위협적이었다.

하지만 지금, 승무원의 눈길은 라스무스에게 오래 머물렀다. 작고 희미한 암시. 오해하지 않았고 다르게 생각하지도 않았다. 그들 사이에는 뭔가 있었다. 교감이 있었다. 또 다른 무언가가 필요했다. 그는 이제 열아홉 살이었다. 돌파구가 필요했다. 그래서 지금 기차에 올라 타고 있는 것이다. 이 캡슐 안에 있는 이유도.

라스무스는 창문에 입김을 불어 자기 이름을 썼다. 풍경은 흘러갔다. 어젯밤, 라스무스 짐을 싸고 있을 때, 엄마 사라가 새로 다린 셔츠와 타올, 꼭 챙기길 바라는 물건들을 들고 방으로 들어왔다. 마지막에 고등학교 졸업모자를 들고 나타났다. 손으로 빙빙 흔들면서 말했다.

"네가 가져가고 싶어 할 것 같아서…"

"엄마, 스톡홀름까지 굳이 이걸 가져가야 해요?"

"그래… 음… 알겠어."

엄마는 마음이 조금 상했고 아들도 그걸 느꼈다. 모자 때문에 조금 혼란스러웠고 상처받은 듯했다.

"그래. 내가 앞으로 잘 보관할게. 쭉."

엄마는 졸업모자를 마치 트로피처럼 거실 선반에 올려놓았다. 자리를 만들려고 결혼사진을 짜증 내며 치웠다. 모자의 가치를 아들도 언젠가 알게 될 것이다. 졸업모자 주위에는 가족사진, 중국제 꽃병, 책 몇 권이 놓여 있었다.

하랄드는 텔레비전을 보고 있었다. 지난 선거에서 승리한 올로프 팔메를 인터뷰하는 뉴스였다. 벽을 통해 라스무스는 특이한 목소리를 들을 수 있었다. 사회민주당이 다시 정권을 잡으면 아버지가 좋아할 것임을 라스무스는 알고 있었다. 우익 정당 시절 6년간의 사막 같은 시간이 끝난 것이다.

하늘은 높고 햇살은 따스했다. 청명한 가을 날씨였다. 어린 시절을 뒤로 하고 떠나는 출발의 바람같았다. 사과는 여전히 나무에 매달려 있었다. 차 트렁크는 열려 있었고 하랄드는 가방을 실었다. 엄마는 집과 차 사이를 분주히 오가며 가슴을 두 손으로 감싸 쥐었다. 빠뜨린 물건이 있을까 봐 걱정하는 듯했다.

길 건너 주유소에 청년들이 어슬렁거리고 있었다.

"봐! 에릭과 친구들 왔어!"

엄마는 무심결에 소리쳤다. 손을 들어 인사했다. 어쩌면 엄마도 그들을 보고 싶었던 모양이었다. 어쨌든, 그들은 라스무스 어릴 적 친구들이었다.

"에릭!"

청년들은 엄마를 보자 돌아섰다. 라스무스도 고개를 돌렸다. 엄마는 손을 내렸다. 어떻게 해야 할지 몰랐다. 망나니 같은 아이들에게 작은 선물을 주려고 애썼던 시절을 떠올렸다. 케이크, 롤빵, 사탕, 그리고 와서 라스무스와 놀아달라던 그때를.

하랄드는 트렁크를 닫았다. 청년들은 하랄드를 힐끗 쳐다보고는 조용히 운전석에 앉았다.

"가자, 출발해야 해."

그들은 말없이 차에 올랐다. 하랄드는 운전했고 라스무스는 뒷좌석에 앉았다. 천천히 코폼을 지나갔다.

라스무스는 차창 너머로 집들과 상점, 공장을 바라보았다. 코폼 기계 공장, 신발 가게, 니뇌스 주유소, 모교인 초등학교와 히에르네 학교, 세상에서 가장 형편없는 청바지와 아동복을 파는 코폼 샵. 철물점, 발데마르 종이 가게, 아스트리드 살롱, 라디오 가게도 지나쳤다. 레일 버스가 정차했던 건설 사무소, 은행 두 곳, 식료품 가게, 도서관도 보였다. 도서관 지하에는 목사가 운영하는 유소년 센터가 있었는데, 라스무스가 코폼에서 가장 싫어하는 곳이었다.

차는 잡화점, 주유소, 폴케트스 후스 & 보세 제과점도 지나쳤다. 몇 해 전 팔린 그 제과점 사장 아내는 필리피노였고 그래서 가게 이름을 필리피노 카페로 바꿨다. 뒤편에는 낡은 공장이 있었는데 프랑크 달베리스 공장이 있었다. 1973년 파산하기 전까지 하랄드가 일했던 곳이다. 이후 하랄드는 옴모트포르스 노르마 군수 공장에서 과장으로 일하고 있다. 그들은 사회보장국, 우체국, 베름란드스 은행도 지나쳤다. 약국에서는 홀게르가 일했고 엄마가 다녔던 의사협회 사무실도 보였다. 수많은 건물을 지나면서, 라스무스는 마지막임을 다짐했다. 다시는 돌아오지 않을 것이라.

자신도 잘 알지만, 그는 크리스마스 때 돌아올 것이다.

"그들이 인사라도 했으면 좋았을 텐데…"

어머니는 중얼거렸다.

"저는 인사하고 싶지 않아요. 전혀!"

라스무스는 한숨을 내쉬었다.

“어쨌든 너희는 9년 동안 같은 반이었잖아!”

어머니는 절망하듯 소리쳤다.

길 건너 오래된 친구가 등을 돌렸다. 이 모든 일이 어머니에게는 실패였다.

아버지가 침묵을 깨고 말했다.

“흠. 라스무스는 착한 아이야.”

“잡아! 쟤!”

눈 내린 겨울, 학교 운동장에서 누군가 외쳤다. 눈이 깊이 쌓여 움직이기 힘들었다. 방한복과 부츠, 털모자, 벙어리장갑을 낀 채로도 겨우 움직일 뿐이었다. 티셔츠와 카디건 아래 심장이 두근거리고 식은땀이 흘렀다.

라스무스는 반 친구들에게 쫓기고 있었다. 그들은 라스무스를 따라잡아 등을 밀쳤다. 멀리서 태양이 잿빛 구름 사이로 비쳤다. 비겁한 목격자들이었다. 헐벗은 나무들, 뒤집힌 눈 더미로 더러워진 운동장.

한 소년이 라스무스 가슴 위에 올라탔다. 팔을 무릎과 손으로 꼭 눌렀다. 또 다른 소년, 에릭은 자기 집 건너편 주유소에서 달려와 그들에게 소리쳤다. 그 소리는 울부짖는 말 같았다. 라스무스는 아직 힘이 조금 남아 몸부림쳤다. 하지만 방한복 등 옷 때문에 쉽게 움직일 수 없었다. 몸부림치기도 힘들었다. 가슴 위 소년도 제지하려 애썼다. 에릭은 장교처럼 으르렁거렸다.

“문질러 버려! 빌어먹을 새끼! 문질러!”

옆에 있던 다른 소년은 눈을 쥐어 라스무스 얼굴에 문지르며 스웨터 속으로 밀어 넣었다. 차가운 눈이 피부를 할퀴고 지나갔다. 그 눈은 냉혹하고 딱딱했으며, 개 오줌이 묻어 눈은 누르스름했다. 그들은 눈으로 라스무스 얼굴을 문지르고 입을 막으며 입술 사이로 밀어 넣으려 했다.

교무실 창문 앞 담배를 피우던 선생은 커튼에 반쯤 가려져 있었다. 그는 반 친구들이 라스무스 입으로 눈을 억지로 밀어 넣는 모습을 보고 있었다. 소리 지르는 아이들의 흥분도 들었지만, 주의하지 않았다. 담배 한 모금 빨고 연기를 코로 뿜었다. 다른 선생이 커피 한 잔을 들고 담배 피우는 선생 뒤에 서 있었다. 커피를 스푼으로 저으며 창밖을 보고 있었다. 동료 교사가 보는 것을 그는 보고 있었고 무언가 변명이라도 해야 할 것 같았다.

그는 말했다.

“애들 좀 봐!”

그리고 커피를 한 모금 마셨다.

동료 교사는 코로 연기를 뿜고 한숨을 쉬었다.

“그래.”

잠시 말이 없었다. 계속 운동장을 지켜봤다.

라스무스는 꼼짝하지 못한 채 맞고 있었다. 잿빛 하늘, 태양은 구름을 뚫지 못했다.

그는 다시 한숨 쉬었다.

"얘들이 어떻게 하는지 보자."

생각에 잠긴 척 담배 한 개비를 더 꺼내 연기를 내뿜었다. 다른 교사는 커피잔을 더러운 접시가 쌓인 싱크대에 내려놓았다.

한때이지만, 유년은 영원처럼 길다. 그러나 성장하거나 사라진 것을 통해 헤아려볼 수 있다. 더는 입지 않는 옷을 빨아 다리고 마치 신성한 유물처럼 종이 상자에 고이 보관한다. 그러나 아이가 얼마나 자랐는지는 일 년에 두 번이라도 찾아오지 않으면 알 수 없다.

간혀만 있으면 출구를 찾을 수 없다

12월의 이른 아침. 날이 밝으려면 아직 두 시간이 더 남았다. 어둠은 여전히 방 안에 머물렀다. 라스무스는 조용히 아침을 먹었다. 시리얼과 우유, 그리고 버터를 듬뿍 넣은 버터밀크 빵 한 조각.

그는 빛바랜 갈색 잠옷을 입고 있었다. 하의는 너무 짧았고 상의에는 나체로 자전거를 타는 여인이 그려져 있었다.

"애들 잠옷은 왜 이런 그림뿐일까?"

잠옷을 받아들고 엄마는 툭 내뱉었지만, 라스무스는 이 옷을 유난히 아꼈다. 잠옷은 해지고 빛이 바랬으며, 몸에 작았다. 머지않아 엄마는 이 옷을 깨끗이 세탁하고 다려, 고이 접어 어딘가에 넣어둘 것이다. 사랑의 작은 증표처럼.

차가운 바닥 위에 맨발인 채, 라스무스는 라디에이터에 허벅지를 바짝 붙였다. 그리고 늘 그렇듯, 거실 창가에 서서 창밖을 바라보았다. 창틀에 놓인 일곱 갈래의 전기 촛대가 그의 얼굴을 은은히 비추었다. 곧 크리스마스가 다가온다. 이모 셰르스틴과 그녀의 남편 스티그, 또 다른 이모 크리스티나가 찾아올 예정이다.

이웃인 홀게르도 함께할 것이다. 홀게르에겐 가족이 없다. 이 집에서 라스무스는 유일한 어린아이였다. 언제나 그랬다. 세르스틴과 스티그는 아이가 없었다. 그래서 그들은 라스무스를 위해 모든 것을 준비했다. 모든 관심은 라스무스에게 향했고 그는 그 책임을 기꺼이 감당했다.

2주 뒤면 학기가 끝난다. 며칠 후엔 엄마가 산타 선물을 담은 상자를 조심스레 위층으로 옮길 것이다.

이제는 산타가 몇 명인지조차 생각나지 않는다. 눈이 사과나무와 장미 덤불, 문밖의 가구 위에 포근히 내려앉아 있었다. 하랄드는 사과나무 가지에 그네를 매달아주었다. 라스무스는 이웃 아이들이 보기 전까지는 그네를 탔다. 그들은 울타리 근처에 서서 그를 빤히 노려보았고 라스무스는 모른 척하며 그들의 시선을 외면하려 했지만, 마음이 자꾸만 불편해졌다. 결국 그는 하랄드가 그 아이들을 꾸짖어줄 때에만, 조심스레 그네에 올랐다.

이웃집 부엌에 불이 켜졌다. 뒷하늘은 은은한 분홍빛으로 물들어 있었다. 에릭은 아마도 그 안에서 따뜻한 아침을 먹고 있을 것이다 .

라스무스는 이마를 창유리에 기댔다. 입김이 맺히자, 그는 그 위에 조심스레 글자를 그려보았다. 잠시 후, 하랄드가 욕실에서 나왔다. 전기 면도기로 면도를 하며, 늘 그렇듯 좋아하는 노래를 흥얼거렸다. 부엌과 거실 사이를 느릿느릿 오가며 리듬을 탔다. 라스무스는 아버지가 면도하는 모습을 유난히 좋아했다. 왜인지 이유는 몰랐지만, 그 장면은 언제나 마음을 편안하게 해주었다. 하랄드는 기술자였다. 플랑크 달베리스 AB라는 회사의 연구소에서 일했고 그곳은 제설용 타이어 스터드 제조로 세계적으로 알려진 기업이었다. 타이어는 노르웨이 인근의 실킬링마르크에서 생산했고 코폼에서는 자동차의 방음재와 절연재가 만들었다. 이부품은 차 안 진동과 소음을 줄여주는 중요한 장치들이었다. 하랄드는 그런 공장에서 일하는 연구원이었고 무엇보다 성실했다.

그는 라스무스를 발견하고 잠시 멈춰 섰다.

"아직도 잠옷 입고 있니?"

놀란 듯한 목소리로 말했다.

곧바로 다시 소리쳤다.

"사라, 라스무스가 아직도 잠옷이야!"

부엌에 있던 엄마가 나왔다. 그녀는 목욕 가운을 입고 머리에는 롤핀을 꽂은 채, 돋보기를 끼고 있었다. 손에는 늘 그렇듯 베름란드 지역 신문이 들려 있었다.

"라스무스, 학교 늦겠다. 설마 지각할 생각은 아니겠지?"

엄마의 목소리에는 나무라는 기색이 서려 있었지만, 라스무스는 대답하지 않았다. 들었지만, 못 들은 척.

그는 여전히 창에 이마를 기댄 채, 식어가는 유리의 차가움을 느끼고 있었다.

"라스무스! 들었어? 지각한다고!"

엄마는 마치 깃털이 젖은 새끼를 쪼아대는 어미 새 같았다. 그녀는 왜 그래야만 했을까? 라스무스는 엄마를 힐끗 쳐다봤다. 왜 부모는 자식에게 그렇게 강하게 들이밀까? 그 마음을 그는 도무지 이해할 수 없었다. 그리고 고개를 돌린 라스무스는 토했다.

아들이 학교에 가고 나면, 엄마는 늘 그 방에 들어가곤 했다. 장난감을 정리하거나, 자질구레한 것들을 제자리에 놓았다. 때때로는 아들 침대에 조심스레 눕기도 했고 손은 침대보를 다듬느라 분주했다. 그건 일종의 신앙 같았다. 아들의 방은 그녀에겐 작은 예배당이었다.

서랍을 열었을 때, 엄마는 숨을 삼켰다. 그 안엔 작고 단단히 접힌 옷들이 들어 있었다. 마치 정성껏 싸놓은 작은 선물 같았다. 스웨터, 바지, 셔츠 등 라스무스가 하나하나 펴서, 다려 접은 것이었다.

그녀는 가슴을 쓸어내렸다.

이 작은 생명체를 나는 끝까지 지켜낼 수 있을까. 이렇게 꼼꼼히 접힌 옷가지들처럼. 그녀는 자신이 누군가를 이렇게까지 사랑할 줄은 한 번도 상상하지 못했었다. 하랄드는 여행 가방을 대신 챙겨 트렁크에 실었다. 엄마와 아빠는 아들을 위해 모든 걸 도맡아 했다. 그들은 라스무스를 약간은 망치고 있었다. 하지만 어쩔 수 없었다. 그 아이는 그들의 전부였다. 하랄드는 자신이 아버지가 되리라고는 생각하지 못했다. 몇 년 전까지만 해도 영영 독신으로 살 거라 믿었다. 이 지역, 서북부 베름란드에선 독신이 드문 일은 아니었다. 이웃이자 친구인 홀게르를 봐도 그랬다. 그러던 어느 날, 엄마 만났다. 모니카 세테르룬드의 노래처럼, 그냥 그렇게 일이 흘러갔다. 사라와 하랄드는 둘 다 서른을 넘긴 나이였다. 엄마가 오히려 한 살 많았다. 하랄드는 처음엔 엄마의 동생, 세르스틴을 쫓아다녔다. 당시 세르스틴은 칼스타드 인근에 살고 있었다. 그것이 진짜 구애였는지는 알 수 없지만, 어느 날 세르스틴이 말했다.

"언니랑 같이 가도 돼?"

그렇게 모든 것이 시작되었다. 세르스틴은 결국 스티그와 결혼했다. 모두가 자기 자리를 찾아갔다. 그리고 각자의 방식으로 행복해졌다.

"기차표를 잘 봐."

라스무스는 치차표를 들어 올렸고, 사라는 좀 더 자세히 보려고 머리를 숙이고 눈을 가늘게 떴다.

"7번 좌석. 창가 쪽."

사라가 읽었다.

"운이 좋아. 전망이 좋아. 집중해서 무언가 하기도 좋고……."

"같이 갈 게 아니라면, 지금 내려야 해."

시계를 보며, 하랄드가 막아섰다.

하랄드와 사라, 라스무스는 옴오트포르스의 작은 정차역에서 작별 인사를 나눴다. 역은 하랄드의 새 작장인 노르마와 가깝다. 그는 군수품 제조와 관련된 일을 했다. 정확히 말하면, 새 직장은 아니다. 약 10년 전 프랑크 달베리스가 파산하자 쭉 여기에서 일했다.

지금 이들은 기차역에 서 있다. 그저 그렇게 서 있었다. 코폼 인근에서 직업 학교와 홈스쿨링 같은 학교밖에 없었다. 대학 입학 자격이 되는 고등학교 졸업장을 취득하려면, 아르비카에 있는 솔베르가 고등학교로 통학해야 했다. 그래서, 라스무스는 대입 예비 고등학교에 진학해야 했다. 더군다나, 직업 학교에서 라스무스가 무엇을 할 수 있겠는가? 3년 동안 라스무스는 아침 일찍 일어나 레일 버스를 타고 아르비카로 통학했다. 학교에서 인문 계열을 공부했다. 아침 6시 반쯤에 일어나 저녁에 되어서야 집으로 돌아왔다.

아르비카에 방을 얻고 주말에 집으로 돌아오는 방법도 있었다. 코폼이나 오리엥과 거리가 먼 시골 출신 학생은 통상 그렇게 했다. 여분의 현금이 필요한 노파에게 방을 얻거나, 다른 학생과 부엌을 공유하는 작은 아파트를 빌렸다.

솔베리 고등학교에는 라스무스 외에도 코폼 출신이 다섯 명이 더 있었는데, 이들은 학교 근처에 살면서 주말에만 집으로 돌아갔다. 하지만 사라는 이를 절대 허락하지 않았다. 게다가, 이 다섯 명은 코폼에 있는 미션 교회 소속으로, 라스무스와 친한 사이도 아니었다.

고등학교에서 라스무스는 두 친구와만 거의 시간을 보냈다. 친구는 가브리엘라와 뮈. 가브리엘라는 키가 컸고 활기 넘치는 소녀였다. 경제학을 주로 공부하는 그녀는 성적도 만점이었다. 색상이 눈에 띄는 라코스테 폴로 셔츠나 소재가 울인 풀오버 스웨터를 즐겨 입었다. 스웨터에는 중도당(Moderate Party) 배지를 달고 있었다.

가브리엘라와 라스무스는 공통분모가 거의 없었다. 하지만, 개강 첫 주에 가브리엘라가 이유는 모르겠지만 라스무스를 선택했다. 그리고 그들은 솔베르가 고등학교에 가장 이상한 커플이 되었다.

아르비카에 노르델스라는 최고급 카페가 있는데, 즉석에서 음식을 주문할 수 있고, 은색 커피포트, 나폴레옹 페이스트리도 있었다. 가브리엘라는 그저 라스무스에게 커피 한 잔 마시자고 했다. 카페에서 가브리엘라는 마치 안주인처럼 커피와 크림을 따라주고 구운 빵을 건넸다. 가브리엘라는 무례일 수도 있다고 양해를 구하고는, 직설적으로 이야기했다.

"너는 확실히 동성애자야!"

답을 기다리지도 않고, 가브리엘라는 자기 반 여학생 둘과 사귀고 있다고 라스무스에게 말했다. 한편, 그녀는 양성애자인 것 같았다. 담임 교사와도 사랑에 빠졌는데, 그와 진도를 나살 가능성이 거의 없었다. 담임 교사는 이미 결혼했고 끔찍할 정도로 지루했고 나이도 그녀보다 서른 살이 많았다.

그렇게 말하고는, 가브리엘라는 나폴레옹 페이스트리를 한 입으로 반쯤 깨물었다.

가브리엘라는 라스무스를 폭풍 속으로 몰고 갔다.

동성애자는 모두 커밍아웃에 관해서 자기만의 역사가 있다. 라스무스는 커밍아웃한 적이 없다. 우선, 라스무스는 그런 질문을 받지 않아도 친절하면서도 단호하게 그 사실을 부인했다. 라스무스를 친구로 만들 때처럼 확신에 차, 가브리엘라는 담임 교사를 찾아갔다.

"에른스트, 멍청한 이름, 늙다리는 모두 에른스트라고 불러야 해!"

가브리엘라는 담임을 헐뜯으면서 오후 여러 날을 라스무스와 같이 보냈다. 그때마다 그녀는 비탄에 잠기는 듯했다. 하지만, '인내는 쓰고 열매는 달다'라는 말이 있듯이, 3학년이 되자, 조용한 주차장 차 안에서, 담임이 더는 사랑하지 않는 아내를 욕하는 말을 그녀는 들을 수 있었다. 또 그녀에게 담임이 '너를 사랑하며, 제자와 사랑은 문제가 없다'라는 말을 했다.

이윽고, 그들은 잔인한 운명을 탓하며 함께 울었다. 담임은 가브리엘라를 어루만졌고 그들은 담임 차 뒷좌석에서 사랑을 나누었다.

가브리엘라는 담임을 항상 동정했다.

학교 카페, 쿨투르카페트, 노르델스 카페, 도무스 카페에서 가브리엘라는 담임 이야기를 했다.

결국, 이들 사이는 비극적 종말로 끝났다. 졸업을 불과 한 달 앞둔 봄, 벨라(가브리엘의 본명)는 은밀한 주차장에 담임 곁에서 사랑을 받으며 담임의 하소연을 듣는 이가 자기만이 아니라는 것을 알게 된다.

반 친구 중에 최소한 한 명이 더 있었다. 카롤라, 그녀 역시 담임의 넋두리를 충실히 들었고 동정했다. 담임은 카롤라에게도 '자신을 사랑하지 않는 아내 탓에 얼마나 힘들었는지'를 털어놓았다. 또 아내가 자신을 거부한 이야기도 꺼내면서 십 대 소녀의 다리를 만졌다.

에른스트는 십 대 소녀를 어떻게 유혹하는지 잘 알고 있었다. 눈물 몇 방울을 흘리면서 모든 것이 문제가 있다고 길게 이야기한다. 지퍼를 열고 성기를 꺼내기 전에 또 영원한 사랑을 맹세한다.

소중한 내 친구 벨라는 이를 눈치채고 격분했다. 카롤라하고 같이 담임을 대면하거나, 담임의 아내나 교장에게 익명으로 편지를 보낼 계획을 세웠다. 하지만, '카롤라가 여전히 담임을 사랑하고 있으면, 자기를 위해 담임이 아내를 진짜 버렸으면 한다'는 사실을 알게 되었다. 그러자 가브리엘라는 눈을 부릅뜨고 오로지 레즈비언으로만 살면서 남자 근처에도 가지 않겠다고 맹세했다.

가브리엘라 아버지는 엔지니어였고, 그들 가족은 아르비카 고급 아파트에 살았다. 방과 후 라스무스는 그 집으로 자주 놀러 갔고, 피곤하게 기차를 타지 않아도 되어 늘 행복하게 잘 수 있었다. 그녀의 아버지는 갓 예순 살이 님있고, 가브리엘라 "님자 친구" 자격으로 파티에 초대해 가족에게 소개하기도 했다. 이 일을 두고 부녀는 몇 달 동안 웃었다.

여러 면에서, 뮈는 벨라와 성향이 달랐다.

가브리엘라는 중도당 핀을 절대 떼지 않았는데, 뮈는 학교에서 유일한 사회주의자였다. 그녀의 부모님은 군나르스코그에서 농사를 지었다. 군나르스코그는 코폼보다 더 작은 마을이다. 뮈는 학교 근처에 간이 부엌이 달린 작은 방을 세 얻어 살았고, 주말에도 거의 본가로 돌아가지 않았다. 뮈는 옷을 직접 수선하거나 아니면 중고 옷을 샀다. 라스무스가 기이한 복장을 하도록 영감은 준 장본인이 그녀였다. 그녀의 스타일은 60년대 히피 같았는데, 창백할 정도로 얼굴을 희게 칠하고, 보라색 립스틱을 발랐으며, 고양이 눈썹에다 염색한 머리카락을 거의 병적으로 빗질했다. 뮈는 이빨이 매우 작았는데, 니코틴으로 누렇게 변색되어 있었다. 손가락도 마찬가지였다. 그녀는 항상 추워했다.

뮈와 라스무스 둘은 모두 인문학 계열을 공부했고, 걸핏하면 같이 수업을 빼먹었다. 이 둘을 두고 체육 교사들은 '돼지'라고 의견 일치를 보았다. 체육 교사는 시골 출신을 싫어했고, 시골 출신에게 시골뜨기라는 사실을 상기시켰다.

뮈와 라스무스는 모든 수업을 나란히 앉아서 들었다. 영어 수업 시간에는 교사가 영어 소설을 큰 소리로 읽게 했는데, 학생들은 창문을 바라보거나, 노트로 글씨를 주고받거나, 잠을 청했다.

프랑스 수업 시간은 비르기타 그렌스 선생이 군림했다. 학생들은 보통 비르기타 혹은 브리지타라고 불렀다. 그녀는 키가 작고 체형이 둥글었는데, 아주 오래전부터 이 학교 프랑스어 선생님이었다. 50년대에 뮈 어머니도 그녀에게 배웠다. 모든 사람이 프랑스어 교사를 끔찍해 했다. 심지어 다른 교사조차도 그랬다.

비르기타 그렌스 선생이 수업할 때 앞 첫 두 줄에는 절대 앉지 말아야 한다. 그녀는 항상 침을 튀겼고, 판서를 너무 세게 해서 분필이 늘 부려지기 때문이다. 분필이 부려져도 개의치 않고 박스에서 새 분필을 꺼내 계속 써 내려갔다.

"프랑스어는 세상에서 가장 우아한 언어야!"

그녀는 이렇게 선언했다. 수업하기 전 학생은 일어서서 그녀에게 인사해야 했다.

"안녕(BONJOUR), 친구들!"

수업에 들어간다는 신호처럼 그녀는 포효했다.

"안녕하세요, 선생님"

학생은 그녀에게 화답했다.

라스무스는 몇 가지로 이유가 있어 그녀를 좋아했다.

프랑스어 수업 교실은 학교 맨 위층에 있는데, 다른 수업에 들어가려고 서두르다 보면, 천식 탓에 계단에서 숨이 헐떡이는 그녀를 하루에 몇 번씩 부딪히게 된다.

라스무스가 좋아하는 또 다른 교사는 국어 선생님 수네 린드발로, 나이가 지긋했다. 그는 진정 좋은 사람이었다. 키는 작았고 나비넥타이를 메고 슈트를 입고 다녔다. 젊었을 때, 그는 소설도 출판했었다. 뮈와 라스무스는 그 책을 찾으려고 도서관을 샅샅이 뒤졌으나 끝내 찾지 못했다.

수네의 최대 장점이라면 속여 먹기 좋다는 것이다. 도서관에 가서 공부해도 괜찮은가 물어보기만 하면 그걸로 끝이었다. 그다음 숙제를 재빨리 끝내고 시내로 돌진하면 된다.

훗날, 그들이 '어떻게 시내로 돌진했는가'를 이야기하면서 라스무스는 웃을 것이다. 코폼이나 군나르스코그 같은 마을에서 왔다면, 아르비카는 도시처럼 느껴진다. 아마도 그들이 처음 알게 된 '대도시'일 것이다.

라스무스와 뮈, 가브리엘라는 심지어 칼스타드나 노르웨이까지 진출했고, 한두 차례 디스코 텍에서 놀기도 했다. 망노르 콩스빙에르를 거쳐 마침내 오슬로까지 갔다.

전에, 라스무스는 딱 한 번 아버지와 춤을 춘 적이 있다. 스킬링마르크 공원, 에다 공원이나 힐링스베리 같은 숲속 개방된 작은 공간에서였다. 하랄드와 사라는 모두 춤추는 것을 좋아한다. 하지만, 부모님은 다른 소년들에게 아들이 맞을지도 모른다는 생각이 들어 춤추기를 그만두었다. 설령 삶의 범위가 좁아지더라도, 하랄드와 사라는 그것만큼을 받아들일 수 없었다. 그래서 그들은 춤을 포기했다.

뮈와 가브리엘라. 유년에 만난 가장 친한 친구가 라스무스일 것이다. 삶을 다시 시작하며, 선을 긋고, 새 출발을 열어가는 많은 사람 중 라스무스도 한 사람일 뿐이기 때문이다. 한 번 안개 속으로 사라지면 더는 존재하지 않게 된다. 마치 태양이 뜨거워지면 바로 사라지는 아침 안개처럼 말이다. 아르비카에서 고등학교에 다닌 것은 하나의 선일 뿐이다. 졸업 또한 다른 선의 시작일뿐이다.

6월, 하늘은 높고 푸르렀다. 공장처럼 생긴 낡은 건물이 운동장 한가운데 블록처럼 솟아 있었다. 오래된 운동장엔 듬성듬성 나무가 서 있었고 중앙에는 사각형의 잔디가 군데군데 덧붙여진 채 깔려 있었다. 유리창에 반사된 햇살은 회색 벽면 위에 물결처럼 퍼지며 일종의 장식을 이루었다. 이곳은 원래 초등학교였고 하랄드가 실제로 다녔던 곳이기도 했다. 건물 두 채는 닫집으로 연결되어 있었고 정문 앞은 졸업생을 기다리는 사람들로 북적였다. 가족, 친구들, 사진기, 꽃다발, 리본, 그리고 어색한 웃음들.

하랄드와 사라는 격식을 갖춰 차려입었다. 이웃인 홀게르와, 먼 거리에서 찾아온 이모도 함께였다. 사라는 황록색 외투에 스커트, 블라우스, 새 재킷까지 입었다. 하랄드는 검정색 슈트를 입고 이미 얼룩이 배인 졸업 모자를 썼다. 사라는 파란색과 노란색 리본으로 장미 다발을 정성스레 묶었고 그 위엔 작은 졸업 모자를 하나 장식처럼 달았다. 이모는 헨켈 트로켄 샴페인을 들고 왔다. 오늘은 라스무스도 한 모금 마실 수 있는 날이었다.

엄마는 초조하게 정문을 힐끔거리며 까치발을 들었다. 신경이 날카로워져, 때때로 주변 사람들에게 짜증을 내기도 했다. 사실 더 일찍 출발했어야 했다. 그렇게 엄마는 어제부터 말했었다. 이모들이 미리 졸업 파티를 준비하는 바람에 출발이 늦어졌고 아무리 서둘러도 이미 인파는 그들을 구경꾼의 맨 뒤로 밀어냈다. 정문은 보이지도 않았다.

하랄드는 머리 위로 직접 만든 팻말을 들어올렸다. 라스무스

의 어린 시절 사진이 큼지막하게 인쇄되어 있었고 아래엔 영어로
"RASMUS THE GRADUATE - 1982"라는 문구가 적혀 있었다.
푸른 하늘 아래, 팻말만이 유일한 표식이었다.

"어쨌든 날씨는 정말 좋군."

홀게르가 혼잣말처럼 말했다.

"그래, 운이 좋아."

하랄드가 대답했다.

"쉿! 조용히 좀 해요. 곧 나온다니까요."

엄마가 핀잔을 주었다.

바로 그때, 정문이 열리고 졸업생들이 계단을 뛰어내려오기 시
작했다. 함성이 터졌다. 엄마는 다시 까치발을 들고 팔까지 들어
올렸다.

"팻말! 하랄드! 흔들어요!"

"라스무스! 라스무스!"

그녀의 외침은 환호성에 묻혀 들리지 않았다. 졸업생들은 가족을
찾아 몰려들고 서로를 끌어안았다. 꽃다발, 샴페인, 미니 국기, 졸
업 모자가 흩날렸다. 그런데 엄마는 아직 라스무스를 찾지 못했다.
다른 가족들이 모두 아이들을 찾고 껴안는 그 풍경이, 엄마를 더욱
초조하게 만들었다.

"더 높이 들어요, 하랄드! 팻말! 내가 뭐랬어요!"

사라는 하랄드를 쿡쿡 찔렀다.

"이보다 더 높이 어떻게 들어! 지금도 최대야!"

하랄드가 대꾸했지만, 엄마는 울먹였다.

"이해가 안 돼. 왜 같이 나오지 않았을까?"

그때, 하랄드가 외쳤다.

"저기 있어."

"어디? 안 보여!"

사라는 온몸을 뻗으며 계단을 바라봤다.

라스무스는 계단 위에서 두리번거리다가 뒤편에서 흔들리는 팻말을 발견하고는 사람들 사이를 비집고 걸어왔다. 밝은 색 슈트에 졸업 모자를 눌러 쓴 모습이, 어제 칼스타드에서 산 옷과 잘 어울렸다. 엄마는 그 모습을 보자 숨을 삼키며 외쳤다.

"라스무스!"

"엄마, 아빠!"

그녀는 아들을 꼭 껴안으며 꽃다발을 건넸다. 졸업 모자를 눌러 주다가, 너무 세게 안아 모자가 거의 목까지 내려갔다.

"축하해, 아들."

하랄드가 말했다.

"정말 잘했어."

"고마워요, 아빠."

라스무스는 아버지와 악수하고 홀게르와도 손을 맞잡았다. 이모와는 가볍게 포옹을 나눴다. 엄마는 말했다.

"이제 아빠랑 홀게르가 준비한 거 보여줄게."

하랄드가 거들었다.

“진짜 멋진 깜짝 선물이 있어.”

그들은 함께 주차장을 향해 걸었다. 엄마는 아들과 팔짱을 끼고 걷다가 성급하게 몇 걸음 앞질러 가며 외쳤다.

“봐!”

픽업트럭 뒤칸 위, 자작나무 기둥에 매달린 플래카드가 펄럭이고 있었다.

“라스무스 82년 졸업.”

가운데엔 마치 왕좌처럼 보이는 커다란 의자가 하나 놓여 있었다.

“네 거야, 라스무스! 거기 앉아 코폼까지 갈 거야!”

라스무스는 순간 굳어졌다.

“트럭 뒤에 혼자요? 같이 타는 사람은 없고요?”

“우린 사브 타고 따라갈게.”

그는 말없이 그 플래카드를 바라봤다. 왕좌 같은 의자, 햇빛에 반짝이는 트럭 뒤칸, 그리고 자신에게만 허락된 자리. 사람들의 웃음과 환호, 가족의 축하 속에서 그는 묘한 고립감을 느꼈다.

엄마는 웃으며 말했다. 라스무스는 머뭇거리다 마침내 트럭 뒤에 올라탔다. 사람들은 각자 차를 탔고 라스무스만 혼자 트럭 왕좌에 남았다. 하랄드와 홀게르는 경적을 울리며 주차장을 빠져나갔다. 다른 졸업생들은 친구들과 함께였다. 지붕이 열리는 차에, 반 친구들과 웃고 떠들며, 파티에 갈 준비를 하고 있었다. 하지만 라스무스는 혼자였다. 부모, 이웃, 이모들만 그를 축하해주었다. 하랄드는 이 사실을 잘 알고 있었다. 그래서 더 크게 경적을 울렸다. 이 여정은 라스무스 인생에서 단 한 번뿐인 여정이었다. 하지만 그는 트럭이 흔들릴 때마다 의자를 꼭 잡았다. 웃고 있었지만, 그 웃음에 절망을 감추고 있었다. 엄마는 뒤따르며 클랙슨을 울리고 손을 흔들었다. 이 장면을 카메라로 담는 이모 크리스티나. 엄마는 이 장면을 수없이 돌려보면서 울 것이다. 그녀는 보고 싶은것과 그렇지 않은 것을 알아채는 사람이었다. 트럭은 코폼으로 향했다. 지나가는 차들이 경적을 울리며 축하했다. 작고 조용한 마을의 시가행진. 하지만, 집 근처 주유소 앞. 거기엔 에릭과 불량배들이 있었다. 라스무스의 옛 친구들. 고등학교도 졸업하지 못한 애들이다. 에릭은 사과를 던졌다. 사과는 둔탁하게 떨어졌고 라스무스는 그대로 굳었다. 대응도, 회피도 하지 못한 채.

"호모 새끼!"

에릭이 외쳤다.

엄마의 얼굴에서 웃음이 사라졌다. 모든 것이 순식간에 벌어졌다. 엄마는 차창 너머로 그 장면을 보고도, 아무것도 할 수 없었다. 하랄드는 그걸 들었지만, 아무 말도 하지 않았다.

"뭐라고 했어? 들었어?"

엄마가 소리쳤지만, 홀게르는 어깨만 으쓱했다.

"그냥 가요, 하랄드. 운전해요."

엄마가 말했다. 차는 마당으로 들어왔다. 엄마는 카메라를 향해 소리쳤다.

"찍지 마, 크리스티나!"

차가 멈추고 라스무스는 트럭에서 뛰어내렸다. 엄마가 얼룩을 지우려 하자, 그는 손을 뿌리쳤다.

"저런 애들 말 듣지 마."

엄마는 말했다.

"부러워서 그러는 거야. 고등학교 졸업장도 없잖아."

"안으로 들어가시죠."

라스무스는 퉁명스러웠다. 그는 엄마가 상처받지 않도록 애썼다.

"정말 멋져요. 잘 만들었어요."

엄마는 그 말에 조금 마음이 풀린 듯했지만, 다시 말했다.

"넌 그런 애가 아니야. 절대."

그리고 뒤따라오는 가족들을 향해 단호하게 말했다.

"그렇지 않아!"

그들은 안으로 들어갔다. 엄마는 문을 닫으면서, 다시 뒤를 돌아보았다. 주유소 대로. 그 녀석들이 자주 어슬렁대는 곳이다.

엄마는 몸서리치며 문을 닫았다. 그리고 안에서 문을 잠그고 싶은 충동을 간신히 억눌렀다.

하랄드와 사라, 그리고 라스무스는 마지막 인사를 나누기 위해 기차 플랫폼에 서 있었다. 말이 필요했지만, 그 누구도 먼저 말을 꺼내지 못했다. 말보다는 침묵이, 작별보다는 체념이 먼저였다.

“음…”

라스무스가 말하려 했지만, 입이 열리지 않았다.

“아직도 여름 같아.”

엄마의 말도 허공에 가볍게 흩어졌다.

플랫폼 시계가 조금 앞으로 움직였고 하랄드가 굳은 목소리로 말했다.

“이제 올라가야지. 기차 출발하겠어.”

그게 전부였다.

엄마는 라스무스를 꼭 안았고 아빠는 묵묵히 손을 내밀었다. 라스무스는 혼자 객실로 향했고 문이 닫히자 기차는 조용히 움직이기 시작했다. 남겨진 엄마와 아빠는 옴오트포르스에서 무거운 침묵을 안고 돌아왔다. 차 안은 고요했다. 아빠는 현관문을 닫으며 열쇠를 푸른색 호박 장식 상자 위에 놓았다. 엄마는 빈집을 바라보며 한숨처럼 말했다.

“글쎄… 기차는 제시간에 출발했어. 모든 게 괜찮았어.”

하랄드는 그녀를 안심시키려 애썼지만, 말은 공허하게 흩어졌다. 각자 서로 다른 곳을 바라보며, 다시 고요가 돌아왔다. 이 침묵은 이제 시작이다. 어쩌면 남은 생에도 계속될 것이다. 라스무스가 떠나자, 그들 사이엔 더 이상 나눌 말이 없었다.

“저녁 준비할게.”

사라가 말했고

“나는 뭘 해야 할지 모르겠어.”

하랄드는 멍하니 라스무스가 자주 서 있던 거실 창으로 걸어갔다. 바깥을 바라보니 해는 낮게 걸려 있었고 나뭇잎은 가을빛을 입기 시작했다. 저녁이 다가오고 있었다. 기차는 빠르게 풍경을 지나쳤다. 차창에 라스무스의 얼굴이 어슴푸레 비쳤다.

"다음 정차역은 스톡홀름 중앙역입니다.

기계음이 차내를 울리자, 라스무스의 숨이 가빠졌다. 그는 가방을 꺼내 들고 코트 자락을 정리하며, 앉았다가 일어섰다를 반복했다. 기차는 도시의 교각 위를 달리고 있었다. 그는 그 다리가 자신과 과거의 세계를 분리하고 있다고 느꼈다. 스톡홀름 이 낯선 도시가 자신을 삼킬지도 모른다는 예감에, 라스무스는 차창에 얼굴을 기대고 눈앞의 건물들과 도로, 공원, 사람들의 얼굴을 눈에 새겼다. 마치, 길을 잃지 않기 위해 기억하려는 듯.

기차가 강 위를 지나고 스톡홀름 시청이 눈앞에 나타났다. 붉은 벽돌로 지어진 그곳은 강가에 무겁게 자리하고 있었다. 열차는 숨을 고르듯 속도를 줄였고 마침내 플랫폼에 닿았다.

기억이 스쳐 지나갔다. 라스무스는 파란색 새 레인부츠를 신었고 빛바랜 빨간 바지를 입고 있었다. 숲에서의 기억은 여전히 선명했다. 아버지와 나란히 걷던 시간, 나무와 풀, 그리고 댕구알버섯의 연기까지. 조용한 숲길에서 아버지는 생명과 자연에 대해 이야기해주었다. 블루베리 덤불 옆에서 엄마는 오가며 베리를 따고 아버지는 들판을 바라보며 무언가를 찾고 있었다.

"봐! 라스무스, 저기!"

그곳에 흰 사슴이 있었다. 숲의 어둠에서 튀어나온 전설처럼, 신비로운 자태로 들판을 거닐고 있었다.

"저건 알비노가 아니야. 그냥 유전자 변종일 뿐이야."

하랄드가 말했다. "어떤 사람들은 저 사슴이 생태계를 해친다고 생각해. 종 전체의 건강을 해친다고."

"그렇다면 죽어야 하나요?"

라스무스는 눈을 떼지 못한 채 물었다.

아버지의 설명은 과학적이었지만, 감정 없는 논리였다.

"열성 형질… 그건 제거되어야 한다."

사라가 하랄드의 말을 막았지만, 말은 이미 흩어졌고 사슴은 숲 속으로 사라졌다.

플랫폼 17번에서, 라스무스는 이제 기차에서 내렸다. 에다에서 온 청년은 스톡홀름의 아스팔트 냄새와 소변 냄새에 코끝을 찡그렸다. 출구를 찾아 움직이는 발걸음은 더럽고 복잡한 지하도를 따라 이어졌다. 하지만 그는 탈출했다. 자기 힘으로.

무대복 같은 두펠 코트, 붉게 무두질된 카우보이 부츠. 이 옷은 그가 선택했지만, 늘 웃음거리가 되었다.

"게이"

그들은 먼저 그 상징을 알아보았고 그것이 그의 정체성임을 확인했다. 이제 라스무스는 더는 숨지 않는다. 이곳은 도망쳐온 끝자락, 희망의 시작이었다. 기차역 중앙 홀, 대리석 바닥 위를 울리는 그의 부츠 소리가 울렸다. 그는 뵈그링엔으로 향했다. 스웨덴 전역 게이 청년들의 '성지'라 불리는 그곳으로. 성당처럼, 제단처럼.

그는 이삭이었다. 무대 위에, 칼을 든 아브라함의 앞에 서 있는 아들. 어린 나신의 순결, 억눌린 눈빛. 천사는 칼을 막는 것이 아니라, 그 이삭을 원했다. 링 주변엔 남자들이 있었다. 낯선 눈빛, 담배, 침묵.

탐색하듯 느릿하게 시선을 교환하는 그들 속에서 라스무스는 느낄 수 있었다. 자신과 같은 자들. 외계인처럼, 그러나 명백하게 존재하는 사람들. 정장을 입은 남자. 빠르고 확실한 눈빛. 그는 신호를 보냈고 라스무스는 몸이 떨렸다. 그가 원하든 원하지 않든, 그는 이미 받아들일 준비가 되어 있었다. 그 순간, 낯선 남자가 나타났다. 깃털 달린 염색 머리, 스웨이드 재킷.

"안녕. 귀여운 친구. 라이터 있어?"

라스무스는 얼어붙었고 정장 남자는 사라졌다.

남자는 윙크를 하며 '다음에 또 봐.'라고 말했다.

라스무스는 얼굴이 붉어졌고 라이터를 건네며 변명처럼 '그래요' 라고 중얼거렸다. 그는 모든 것을 뒤로 하고 계단을 뛰어내려 지하철로 들어갔다. 익명의 얼굴들 속에서 그는 사라졌다. 혼란과 떨림 속에, 그러나 분명한 감각으로.

그는 도착했다. 그리고 이제, 다시 시작한다.

◆

지금으로서는 쉽사리 이해하기 어렵지만, 그때는 정말로, 전혀 다른 시절이었다.

1982년의 가을, 낙엽이 바람에 흩날리고 햇빛조차 차갑게 느껴지던 그 해, 세상은 아직 얼어붙어 있었다. 그 추위는 공기 너머, 법과 언어, 제도와 시선 속에까지 스며 있었다. 불과 3년 전까지도, 스웨덴은 동성애를 '질병'이라 불렀다. 의학적으로 분류된, 치료받아야 할 병. 저명한 정신과 의사 요한 쿨베르조차 남성 동성애자를 '고통받는 아이'라 불렀다. 프로이트가 말한 항문기의 어딘가, 어머니의 품 안에서 성장하지 못한 채 멈춰 선 존재였다. 그들은 병들어서 격리당했으며, 인간으로서의 존엄마저 빼앗겼다. 비극이었다. 그 시절, 동성애를 다룬 책도 적지 않았다. 발스트렘 & 비드스란드 출판사에서 나온 《동성애》는 겉으로는 "편견 없는 설명"을 자처했지만, 책 뒷면엔 이런 문장이 선명했다. "동성애로 발전할 가능성을 차단한다."

위선적 언어. 관용을 가장한 경멸. 심지어 동물학자 모겐스 획아르드는 그 책에서 동성애를 "동물 세계에서도 드문, 이상한 본능"이라고 썼다. 생명의 다양성마저 이상(異常)이라 딱지 붙이던 시절. 존재는 예외로 분류되었고 예외는 제거의 대상이 되었다. 이름조차 없이, 동성애가 질병으로 규정되던 그 시대의 뿌리를 따라가다 보면 19세기 말 독일에 도착한다.

칼 하인리히 울리히스, 칼 마리아 케르트베니, 마그누스 히르슈펠트 그들은 외쳤다. '이건 죄가 아니라, 자연이다.' 그러나 그 자연은 '비극적인 자연'이라 불려야만 했다. 그래야 겨우 변론이 가능했기 때문이다.

그들은 이렇게 묻는다.

"본성이 병들었다고 해도, 그 본성 자체를 벌할 수 있는가?"

오늘날까지, 이 질문은 변형된 채 반복된다. 동성애는 죄악인가, 아니면 병인가? 하지만 이 두 시선 모두 사람을 사람으로 보지 못한다. 어떤 것도 사랑할 권리를 설명하지 못한다. 지금에서야, 그 시절을 상상하는 일이 어렵게 느껴진다. 너무 오래된 과거처럼 보이기 때문이다. 그러나 그 시절은 그리 멀지 않았다. 자유와 관용의 천국이라 여겨지는 스웨덴조차, 그 문제 앞에서는 관용보다 낙인이 먼저였다. 1980년대.《다겐스 뉘헤테르》조차 동성 파트너의 부고를 게재하지 않았다.

그 이유는 간단했다.

"불결하다."

한 남자가, 다른 남자의 죽음을 애도하는 것조차 혐오의 말들로 넘쳐났다. '질병', '일탈', '불행', '타락', '도착', '사악', '이상', '역겨움', '부도덕', 그 단어들은 날마다 신문과 교과서, 거리와 식탁 위 대화 속을 부유하며 우리를 향해 날아든다. 심장은 쿵, 하고 내려앉는다. 그러나 이상하게도, 그 단어가 오히려 당신 존재를 증명할지도 모른다. 지워지지 않는 흔적처럼. 어딘가, 나와 같은 사람이 또 있다는 기적처럼.

고등학교 생물 교과서의《성과 출산》이라는 장에 붙은 주석에서,

당신은 그 단어들을 보게 된다. 페이지마다, 그 단어들은 살아서 몸을 뒤튼다. 이름 모를 고통처럼, 피부와 영혼에 들러붙는다. 당신은 얼굴이 붉어진다. 누군가 이 페이지를 함께 읽고 있지는 않을까 두려워 고개를 숙인다. 혹은 누군가 나를 이해해줬으면, 그 간절함이 목울대 아래에서 꿈틀댄다.

그 시절, 동성애는 노출증, 아동성애, 수간 등과 함께 묶여 있었다. 그리고 세상은 이렇게 말했다. '그건 정체성이 아니라, 사춘기의 착각이야.'

그 아이들은 말할 언어조차 갖지 못했다. 오직 침묵하고 숨고 떨며 기다릴 뿐이었다. 자신의 진실이 사라지지 않기를. 누군가는 기억해주기를.

고등학교 시절, 라스무스는 음악 선생님이 틀어준 차이콥스키의 발레곡을 들었다. 선생님은 작곡가가 동성애자였기에 그의 음악은 슬픔과 절망이 가득하다고 했다. 차이콥스키는 끝내 자신을 버리지 못했고 '자살'을 강요받았다는 이야기도 덧붙였다. 그 말은 고등학교 때 그가 생물학 교과서 말고 처음 들은 '그 단어'였다. 선생님의 이야기를 듣던 라스무스는 자신도 어쩌면 비극적 존재일지 모른다는 생각을 했다.

시간이 흘러도 라스무스는 그때 느꼈던 끔찍한 감정을 떠올리곤

했다. 안절부절못하며 땀에 젖은 손으로 총을 움켜쥐고 차가운 방아쇠를 당기는 순간을 상상한다. 옆 교실에서는 또 다른 생명이 끝나는 총성이 울려 퍼질지 모른다. 그들은 남자답게 죽음을 맞았다고 평가될지 모르지만, 라스무스는 불안 속에서 몸부림친다. 고통 속에서 살려고 자살을 머뭇거리는 자신을 본다. 총을 입안에 쑤셔 넣고 방아쇠를 당겨야만 한다는 무거운 진실을 알면서도, 그가 원하는 건 살아남는 것이다. 어떤 대가를 치르더라도, 심지어 자살을 강요받더라도.

지금, 라스무스는 문학 교사였던 수네 린드발의 이야기를 떠올린다. 그는 오스카 와일드의 시를 읽으며, 와일드가 감옥에 갇혔을 때 이 시를 썼다고 말했다. '이유는….' 그 말끝에 공기가 사라진 듯 침묵이 흘렀다. 마치 무언가를 말하려다 갑자기 깨달은 듯, 그의 얼굴은 붉게 물들고 입술은 떨렸으며, 눈동자는 초점을 잃었다. 결국 그는 황급히 주제를 바꾸었다. 오스카 와일드는 감옥에 갇힌 그 이유를 말하지 못했다. 침묵이 대신 말했다. 말할 수 없었고 말해서는 안 되었기에.

시인 카린 보위에가 세상을 떠나자, 가족은 그녀를 레즈비언이라 연결 지을 수 있는 모든 글을 불태워 버렸다. 셀마 라겔뢰프가 소피 엘칸에게 보낸 사랑의 편지는 몇 십 년 동안 세상 밖으로 나오지 못했다. 사랑은 숨겨야 할 비밀이었고 존재는 감춰야 할 그림자였다. 그 모든 침묵과 금기는 라스무스의 마음에 깊은 그늘로 남아 있다. 그때 말하지 못한 이야기는 지금도 그의 가슴 한켠에서 조용히 울리고 있다.

◆

　1980년대까지만 해도, 동성애를 다루는 신문 기사는 극히 드물었다. 동성애자는 '우리'와는 다른 존재, 같은 국민이 아닌 '타자'로 규정되었다. 그들은 마치 외국인처럼 낯설고 위험한 집단으로 간주되었다. 사회에서 격리되어야 할 대상으로, 음모를 꾸미는 마피아처럼 여겨졌다. 동성애는 거세당했거나 여성화된 남성들의 음모라는 터무니없는 편견에 가득 찬 시선이 사회 전반에 퍼져 있었다. 신문에서는 동성애자를 인터뷰할 때, 반드시 가명을 썼다. 오스카 와일드가 '사랑'이라는 시에서 연인의 실명을 밝히지 않은 것과도 같은 맥락이었다. 동성애자를 옹호하는 인터뷰에서도, 사진은 흐릿하게 처리되어 마치 그림자 속 존재처럼 익명성을 유지해야 했다.
　이 사회적 낙인은 동성애자를 철저히 '타자'로 규정했다. '우리'와 '그들'의 구분은 명확했고, 사회와, 무엇보다도 어린이를 보호한다는 명목 아래 동성애자를 법으로 반대했다. 그들은 전염병처럼 퍼져나가는 독이며, 청소년을 유혹하는 위험한 존재로 여겨졌다. 빌헬름 모베리와 투레 네르만 같은 당대의 언론인과 작가들조차 동성애를 반대할 때는 짐승처럼 거칠게 울부짖었다. 아이러니하게도, 그들은 정치 부패를 비판하며 민주주의를 옹호했다.
　1950년대 스웨덴 사회는 동성애자를 극심하게 탄압했다. 유력

일간지뿐 아니라, 근거 없는 황색 신문들도 거짓 정보를 쏟아내며 동성애자들을 마치 사탄 집회에 참가한 이교도처럼 몰아붙였다. 이들이 보도한 자극적인 헤드라인들은 '약물에 취한 동성애자의 난교', '보이스카우트 동성애자 블랙리스트', '경찰의 대대적 동성애자 체포' 등 끝이 없었다. 동성애자는 '사회 악'으로 낙인찍혔고 그들을 대상으로 한 지속적인 수사와 기소가 반복되었다.

라스무스가 태어난 무렵은 이런 증오의 파도가 서서히 잦아들었다. 하지만 그 여파는 여전히 깊게 남아, 사람들은 서로에게 무관심했고 세상은 전혀 다른 모습이었다. 서독은 동성애를 범죄로 규정하는 '패러그래프 175'법이 여전히 존재했고 동성애자와 트랜스젠더들은 핑크 트라이앵글이라는 낙인 아래 강제수용소에 갇혔다. 1982년까지도 동성애 생존자들은 범죄자로 남아 국가로부터 배상이나 연금을 받지 못했다. 불과 몇십 년 전의 이야기다.

그렇기에 지금, 성적 취향의 자유가 인정받는 시대가 낯설고 신기할 뿐이다. 당시 성 해방을 외친 이들의 힘은 약했고 상황은 절망적이었다. 그러나 희망은 언젠가 온다는 믿음처럼, 눈이 두껍게 쌓여도 언젠가 햇살이 녹아 대지를 드러낼 것이라는 확신이 있었다. 1970년, 수상 올로프 팔메는 이렇게 말했다.

"성적 지향이 다르다고 해서 도덕적 비난을 받아서는 안 된다. 학교는 어떤 차별도 단호히 거리를 둬야 한다."

이 말은 미국 게이 자유 운동의 불길이 스웨덴까지 퍼져온 결과였다.

1980년대 초, 스톡홀름에서 동성애자 자유의 날 행사가 열렸고 RFSL[2]가 적극적으로 시위를 주도했다. '숨지 말고 거리로 나오라! 우리는 여기에 있다. 우리는 퀴어다. 익숙해져라!'라는 구호가 도시를 울렸다. 1982년 라스무스가 스톡홀름에 도착했을 때, 해방의 날 행사는 한 주 내내 열렸고 수천 명이 모여 큰 성공을 거두었다. 성 정체성을 드러내는 용기 있는 사람들이 거리를 채웠고 그 모습에 호기심 어린 시선도, 희망을 품은 눈빛도 있었다.

스톡홀름 같은 대도시에서도 정체성을 숨기지 않고 살아가기란 여전히 힘겨웠다. 작은 도시 칼스타드나 아르비카, 그리고 시골 코폼에서는 생각조차 할 수 없었다. 상상만으로도 조롱거리가 되었기에, 많은 이들은 시골을 떠나 대도시로 향했다. 그들은 마치 갈증에 옹달샘을 찾는 사슴처럼, 더 나은 삶과 진실한 존재를 향해 순례자처럼 대도시로 모여들었다. 낡은 고향과 가족, 관습을 뒤로하고 신천지를 향해 나아가는 아브라함처럼.

그들이 찾은 도시는 외로움과 상처로 얼룩졌지만, 동시에 연대와 희망의 땅이었다. 과거의 거짓말과 고통을 뒤로한 채, 새 안식처를 찾아 먼 길을 떠난 이들의 이야기가 펼쳐지는 곳이었다.

담뱃불을 핑계 삼아 라스무스에게 다가왔던 파울은 그가 황급

---

2   RFSL은 1950년 10월에 설립되었고 세계에서 오래된 성소수자 권리 단체 중 하나이다.

히 자리를 떠나자 당황했다. 파울은 담배 연기를 콧김으로 내뿜으며, 사라져가는 소년을 흥미롭게 바라보았다. 그때, 청색 재킷을 걸친 사내 하나가 눈에 들어왔다. 그는 미소를 지으며 파울의 어깨를 힐끗 쳐다본 뒤, 출구 쪽으로 걸음을 옮겼다. 파울은 고개를 살짝 끄덕이고 천천히 그들의 뒤를 따라갔다. 기차역을 빠져나가며 두 사람은 약 십 미터 간격을 유지했다. 청재킷을 입은 남자는 가끔씩 짧게 뒤를 돌아 파울이 따라오는지 확인했다. 이 통과의례 같은 순간이 파울을 가장 들뜨게 했다. 마치 낚싯바늘을 문 물고기를 부드럽게 끌어당기듯, 그 긴장감이 달콤하게 그를 감쌌다. 파울은 이 순간을 사랑했다. 서로의 존재를 확인하며 주고받는 미묘한 신호들, 초조한 표정과 조심스러운 움직임 속에 담긴 이 은밀한 게임의 규칙을.

그는 또 한 번 뒤돌아보며, 아무 관계 없는 듯 태연한 얼굴을 지었다. 서로를 의식하지만, 마치 처음 만난 듯 가장하려는 노력이었다. 앞서 걷는 이는 속도를 조절하며 어디로 갈지 결정한다. 아직은 방향이 모호하다. 사무실과 상가가 많은 스톡홀름 중심가의 이곳에서, 아파트는 드물었다. 파울은 지하철 중앙역 승강기 근처에서 누군가와 사랑을 나눈 적이 있다. 그곳에는 역한 냄새가 배어 있었고 근처에 포르노 극장도 몇 군데 있었다. 하지만 그들은 그쪽으로 가지 않았다. 청재킷 남자는 쿵스홀멘 쪽, 세라핌 병원 근처 숲으로 향하는 듯했다. 이 낡은 병원은 시청 아래 운하 너머, 도시의 한구석 조용한 곳에 자리잡고 있다.

스톡홀름 시내에서는 익명의 섹스 상대를 찾는 일이 어렵지 않았다. 낯선 이들이 흐르는 운하 옆 산책길, 작고 어두운 공원, 저물 무렵 붐비는 도시공원 곳곳에 숨어 있었다. 어둠 속 관목 숲에서는 그림자들이 슬며시 움직였고 시청 동쪽의 작은 공간은 조용하지만 날카로운 욕망을 품은 이들이 모이는 곳이었다. 여기서는 말보다 눈빛과 몸짓이 더 많은 이야기를 전했다. 가볍게 고개를 끄덕이거나, 빠른 손짓 한 번이 의사를 전하고 이곳에선 원하는 것을 얻기도, 빈손으로 돌아서기도 했다.

파울은 열 걸음쯤 떨어진 채 조심스레 뒤를 따랐다. 청재킷 남자는 때때로 뒤를 돌아 파울이 잘 따라오는지 확인했다. 속도를 높여 작은 다리를 빠르게 건너 쿵스홀멘 끝까지 갔다. 그들은 시청 쪽으로 길을 건너 어둠 속으로 스며들었다. 다리 난간에는 선거 포스터가 여기저기 붙어 있었다. 비뚤어지고 낙서가 난무한 채, 파티가 끝난 후 남은 색종이 조각 같았다.

"가족을 보호하자."

"세금 인하!"

우익 정당들의 구호가 붙어 있는 틈새에, '평화'라 쓴 좌파의 포스터가 쓸쓸히 끼어 있었다. 파울은 언제나 좌파 정당에 투표했다. 그는 공산주의자가 아니었고 평화에도 큰 관심은 없었다. 오로지 국회의원 예른 스벤손을 지지했기 때문이었다. 스벤손은 유일하게 동성애 문제에 목소리를 냈고, 법안을 제출하며 여러 부처 장관들과 맞섰다. 그를 제외하면 동성애 문제를 입에 올릴 국회의원은 없을 것이다. 스벤손은 8월 시위 현장에서 연설했다. 그 자체가 용기였고 그의 말은 파울에게 깊은 울림을 남겼다.

"사람은 다양한 형태로 사랑합니다. 사랑은 뜨거운 열정이기도, 고요한 침묵이기도 합니다. 희극이 되기도, 비극이 되기도 하죠. 때로는 고통이고 때로는 조롱거리일 수도 있습니다. 하지만 한 가지는 기억합시다. 어떤 모습이든, 사랑을 부끄러워해서는 안 됩니다."

파울은 청재킷 남자가 사라진 그곳을 본능적으로 둘러보았다. 시청 모퉁이에서 그는 숨었다. 시청 주변 작은 공간들에 몇몇 사내들이 조용히 움직이고 있었다. 마치 발레를 추듯, 위치를 바꾸고 가까워졌다 멀어졌다 했다. 서로를 안았다가 다시 흩어졌다. 한쪽이 흥분을 유지하려면 다른 쪽은 조심해야 했다. 너무 빨리 자신을 드러내면 안 되었다. 이들도 평범한 도시의 남자들일 뿐이었다. 초저녁이나 늦은 밤, 그들 역시 도시를 채운다. 그들은 특별한 남자가 아니라, 흔한 남자일 뿐이었다.

파울과 청재킷 남자는 이미 게임을 시작했고 서로를 선택한 뒤 곧바로 이곳으로 왔다. 사내는 적당한 곳에 바지 단추를 풀고 몸을 숨겼다. 벽돌 벽 뒤, 붉은 빛에 희미하게 감싸인 곳이었다.

파울은 사내에게서 술 냄새를 맡았다. 눈은 흐릿했고 가까이 다가가자 그는 청바지를 꽉 조여 입은 파마머리 남자보다 나이가 조금 더 든 사내임을 알았다. 하지만 할 일은 해야 했다. 어둠 속에서 고양이는 모두 회색이었다. 사내는 손을 속옷 안으로 넣더니 반쯤 일어난 것을 내밀었다.

"와! 이거 봐!"

파울이 쇠데르만란드 억양으로 말했다.

"고마워!"

사내는 웃으며 담배를 땅바닥에 버리고 밟아 껐다. 짙은 어둠 속,
파울은 무릎을 꿇었다.

◆

"드디어 왔구나! 잘됐어. 엄마가 스톡홀름 병원마다 전화한다고
난리야. 너 알잖아, 벌써 수백 번도 더 전화했어. 밖에 서 있지 말
고 들어와. 밥 먹었어? 배고프겠다. 짐이 이게 다야! 세상에, 들어
와. 네 방 보여줄게."

이모는 한 손에 붉은 포도주 잔을 들고 다른 손엔 담배를 피우고
있었다. 그녀는 라스무스를 부드럽게 안으로 밀며 현관문을 닫았
다. 창문은 닫혀 있었고 향수와 담배 냄새가 가득했다. 거실은 구
두, 부츠, 재킷, 코트가 흩어져 있었고 모든 것에 담배와 향수 냄새
가 배어 있있다. 작은 덕자 위에는 얼쇠, 접힌 신문, 담베 종이, 반
쯤 먹은 사과, 말라붙은 커피잔이 어지럽게 놓여 있었다. 파란색 가
죽 하이힐은 왼쪽 한 켤레만 있었다.

뚱뚱한 회색 고양이가 라스무스의 다리를 문질렀다. 그가 두펠
코트를 벗기도 전에 전화벨이 울렸다. 크리스티나는 황급히 부엌
으로 향하며 웃었다.

63

"백 크로나(kronor) 걸겠어. 틀림없이 엄마일 거야. 근데 배고 프지 않아?"

크리스티나는 라스무스의 대답을 기다리지 않고 전화를 받았다. 라스무스는 크리스티나와 엄마의 대화를 들었다.

"스톡홀름에 드디어 도착했어. 지금 집 구경시켜 주고 있어!"

천장이 높아 최소 3미터는 되어 보였다. 이케아 책장은 천장 반쯤 닿았다. 더러운 소파와 낡은 안락의자 두 개, 소리가 죽은 채 켜져 있는 텔레비전이 거실을 채웠다. 커피 테이블에는 먹다 남은 음식 과 신문, 메모지, 책들이 흩어져 있었다. 책 몇 권은 펼쳐져 있었다.

이모는 번역 일을 하면서 때때로 야간 교사도 했다. 어머니의 여 동생인 그녀는 보헤미안이었다. 유리문 너머 침실에는 인도산 천 에 금색 자수를 한 침대보가 아무렇게나 덮여 있었고 블라인드는 아직 닫혀 있었다. 라스무스는 침실을 힐끗 쳐다보았다. 뉴스에는 인터뷰 중인 올로프 팔메가 나왔다. 그 장면은 이미 수천 번도 더 본 것이었다. 올로프 팔메가 복도를 걸어 나올 때마다 카메라 플래 시가 유령처럼 터졌다.

거실의 큰 유리창이 라스무스의 시선을 끌었다. 그가 창가로 다 가가자 숨이 멎을 듯했다. 창밖으로 도시 전체가 펼쳐져 있었다. 도 시는 어둠 속에 잠겼으나 별 하나 없는 밤하늘을 배경으로 빌딩 윤 곽이 선명했다. 코폼과 달리 이 도시는 완전한 암흑에 잠기지 않았 다. 가등주, 가로등, 자동차 헤드라이트, 상점의 불빛, 네온사인 광 고판, 집 안 전등이 어둠을 뚫고 도시를 밝혔다.

멀리서도 우뚝 솟은 시청 타워가 보였다. 시청 꼭대기엔 세 개의 지지대가 받치고 있는 금빛 왕관이 있었고 아래 불빛을 받아 마치 마법이 펼쳐지는 듯 빛났다. 라스무스는 그것을 거대한 사슴뿔 같다고 생각했다. 시청과 자동차 미등이 도심을 뱀처럼 감싸고 있었다.

라스무스는 살아 숨 쉬는 도시를 내려다보았다. 도시는 쉼 없이 흐르고 있었고 결코 멈추지 않을 것처럼 느껴졌다. 그 풍경은 너무도 아름다워, 눈이 시릴 정도였다. 이곳이 그의 여정의 끝이었다. 그가 오래도록 꿈꾸어온 목표이자, 스스로에게 내린 보상이었다. 무지개 끝에 숨겨진 보물처럼, 스톡홀름은 마침내 그 앞에 펼쳐져 있었다. 그는 창에 이마를 대고 유리에 입김을 불었다.

서리 낀 유리 위에 조심스레 자신의 이름을 적었다. 한 번도 멈추지 않았던 기다림처럼, 그 순간도 오래도록 흘렀다. 그의 등 뒤로 이모의 인기척이 스며들었다. 와인과 담배 냄새, 진한 향수가 어우러진 숨결이 가까워졌다. 이모는 조용히 곁으로 다가와 함께 도시를 바라보았다. 얼굴이 닿을 듯한 거리였고 그녀도 라스무스처럼 창에 시선을 고정한 채 말없이 섰다.

"나도 예전에 꿈꿨어. 언젠가 이 도시 한복판에 살아서, 시청을 바라보게 될 날을. 이제 매일 아침마다 저 탑을 보게 되니, 아직도 믿기지가 않아."

라스무스는 대답하지 않았다. 그들은 말없이 도시를 바라보았다. 유리 너머의 시청은 하나의 생명체 같았다. 붉은 심장을 뛰게 하는 신경계처럼, 그 안에서 도시의 숨결이 뻗어나오고 있었다. 라스무스는 속으로 되뇌었다.

'여기서 다시 시작하자. 새로운 삶, 새로운 열정. 그리고 모험.'

그때, 어떤 얼굴이 기억을 부드럽게 흔들었다. 헨리크.

고등학교 첫 해, 낯선 교실들 속에서 단번에 눈에 들어온 이름이었다. 헨리크는 선배였고 학교의 중심 같은 존재였다. 언제나 사람들에게 둘러싸여 있었고 웃음이 얼굴에 머물러 있었다. 푸른 눈, 부드러운 곱슬머리, 다정한 기운이 그를 감싸고 있었다. 이과와 문과는 거의 교차할 일이 없었지만, 가끔 강당이나 카페에서 스치듯 마주쳤다. 서로 다른 세계에 사는 사람들처럼, 눈이 마주쳐도 곧 외면하곤 했다. 그러다 어느 수요일, 라커룸에서 그들은 가까워졌다. 라스무스가 체육복을 갈아입으려 앉아 있던 그 순간, 헨리크는 바로 옆에 서 있었다.

말없이 옷을 벗는 그의 몸은 땀에 젖어 있었고 햇빛이 아직 남은 피부 위로 투명하게 번지고 있었다. 라스무스는 아무것도 보지 않는 척했지만, 온 감각이 헨리크에게 집중되어 있었다. 숨을 들이쉴 때, 헨리크의 숨결이 살결에 닿았고 그 순간은 황홀함 그 자체였다. 헨리크가 샤워실로 향하며 돌아봤을 때, 둘의 시선이 아주 짧게 마주쳤다. 그의 입가에 엷은 미소가 떠올랐고 그것은 분노도 조롱도 아닌, 어딘가로 향하는 기척 같았다.

그날 이후, 라스무스는 조용히 무너졌다. 그리고 짝사랑이 시작되었다. 1년 내내, 그는 한 번도 인사를 건네지 못했다. 식당, 복도, 계단, 거리에서. 서로 어깨를 스칠 만큼 가까웠던 순간도 있었지만,

헨리크는 언제나 너무 멀었다. 그렇지만 가끔, 헨리크는 라스무스를 향해 고개를 돌렸다. 알고 있다는 듯이, 따뜻하고 조심스러운 눈길로. 마치 이미 연인인 것처럼. 라스무스는 오로지 헨리크를 보기 위해 도무스 카페를 찾기도 했다. 다른 카페는 이제 아무 의미가 없었다. 헨리크가 왔을 때는 아무 일 없는 척, 고개를 돌렸고 가끔 인사를 받아도 그는 얼굴이 달아올라 아무 말도 못 했다.

어느 날, 그는 모든 용기를 쥐어 짜내어 다가갔다. 헨리크에게 재떨이를 빌릴 수 있냐고 물었다. 헨리크는 부드럽게 미소 지으며 대답했다.

"그래."

손 끝이 닿는 짧은 순간 라스무스는 세상을 다 가진 것 같았다. 누군가가 그를 조롱하고 폭주족이 침을 뱉으며 '호모'라고 소리쳤을 때, 그들은 몰랐다. 그가 한 번도 다른 남자의 손을 잡아본 적 없다는 걸. 그에겐 오직 갈망뿐이었다. 그리고 그해 봄, 헨리크는 졸업했고 입대했다.

그 후 다시는 마주치지 않았다. 지금, 스톡홀름의 어두운 거리를 내려다보며 라스무스는 그를 떠올린다. 창 너머 빛나는 도시. 그 속에 그는 서 있다. 오랫동안 누구에게도 들키지 않았고 누구도 그를 알아보지 못했다. 그가 살아왔던 시간은 어쩌면 하나의 꿈이었을지도 모른다. 그에게 남겨진 것은 하나 열망. 어리석고 허망한 감정이라 해도, 그건 분명 진실이었다. 라스무스는 지금, 수천 개의 불빛 아래, 이 도시 위에 섰다. 그리고 여전히, 갈망한다.

복잡한 라스무스의 마음을 헤아리지 못한 채, 크리스티나는 웃으며 그의 머리칼을 부드럽게 헝클었다.

"너도 알겠지, 라스무스. 여기서 잘 지낼 거야."

그녀의 말은 한 줄기 햇살처럼 따뜻했지만, 라스무스의 마음 한 구속은 여전히 흐리고 서늘했다. 그가 막 도착한 이 도시, 찬란한 불빛 아래 살아 숨 쉬는 스톡홀름은 새로운 시작이었지만, 동시에 오래된 그리움의 끝자락 같기도 했다.

그가 기차에 몸을 실어 이곳에 도착하기 두 주 전, 스웨덴 의회는 올로프 팔메를 새 총리로 승인했다. 무표정한 기권 속에, 여섯 해 동안 권력을 쥐고 있던 우익 정당은 물러났고 팔메는 정치 인생에서 가장 찬란한 승리를 거머쥐었다.

1974년, 사민당은 44년 만에 정권을 잃었고 그 이후 줄곧 패배만을 반복해왔다. 그의 복귀는 단순한 정치적 사건이 아니었다. 한 시대의 무너진 이상이 다시 숨을 쉬기 시작한 순간이었다. 하랄드는 그 긴 시간 동안 괴로움 속에 살았다. 사민당이 무너졌을 때, 그는 처음으로 믿음을 저버렸고 중앙당에 표를 던진 자신을 배신자라여겼다. 실제로, 그는 그렇게 되었다. 그러나 불가피한 선택이라고 믿었다. 신은 아실 거라 생각했다. 그가 믿음을 거둔 이유는 단 하나였다. 바세벡 원자력 발전소의 재가동을 막겠다는 펠딘의 공약. 하랄드는 그 약속을 믿었고 양심에 거리낌이 없었다. 하지만 펠딘은 총리가 되자 약속을 저버렸다. 발전소는 다시 가동되었고 하랄드는 그제서야 자신이 얼마나 쉽게 속았는지를 깨달았다. 수치심과 분노 속에 그는 '저 펠딘 개자식'이라는 말로 자신의 실수를 되새겼다. 그리고 결심했다. 앞으로 어떤 일이 있어도 사민당 이외의 그 누구에게도 표를 주지 않으리라.

1982년, 선거가 끝나고 올로프 팔메는 다시 무대 위에 섰다. 하랄드는 그 순간, 자신이 용서받았다고 느꼈다. 배신과 용서. 그 두 단어는 이제 그의 삶 깊숙이 뿌리내린 화두였다. 우리는 어떻게 스스로를 용서할 수 있을까? 또, 타인을, 가족을, 친구를, 그리고 신을 용서할 수 있을까? 그가 배신했던 모든 존재들 앞에서, 그는 조금씩 고개를 숙이기 시작했다. 그해 가을, 스웨덴은 마치 본래의 자리를 되찾은 듯 보였다. 성장과 성숙을 거듭하며 보다 나은 나라가 되어갈 것처럼 보였다. 이제껏 그래왔고 앞으로도 그러리라는 믿음이 세상을 덮었다. 그러나, 그 믿음도 언젠가는 거짓이 될 수 있다. 몇 달 뒤, 모든 것은 다시 뒤집힐 것이며 우리는 결코 예전으로 돌아갈 수 없게 될 것이다.

로스락스툴 병원의 격리 병동, 한 남자가 침대에 누워 여전히 숨을 쉬고 있다. 한 번에 한 호흡. 매 순간이 마지막일지도 모르는 그 호흡은 가늘게 이어지고 있다. 오늘은 또 다른 남자가 병실 안 의자에 앉아 있다. 마스크를 쓴 채, 그의 곁을 지키고 있다. 다른 병문안은 없다. 병실 한가운데, 그가 유일한 방문객이다. 회색 머리칼에 낡은 카우보이 부츠, 가죽 결이 오래된 소매 없는 재킷. 그는 병상에 누운 친구에게 이런저런 이야기를 건넨다. 날씨에 대해, 여름에 대해, 프레스카티 캠퍼스에서 마주친 남자에 대해.

세포와 라르스-오케가 함께한 시위, '스칸디나비아반도를 핵 청정 지대로 만들자'는 외침. 자유당 대표 올라 울스텐의 모자에 눌린 머리 모양까지. 여러 말이 흘렀지만, 환자는 아무런 대답이 없다.

파울은 한동안 자리에 앉지 못한 채, 병실을 서성이다가 창가에 섰다. 유리창 너머를 바라본다. 여름 한복판인데, 유리는 차갑고 투명했다. 그는 손가락으로 유리창을 쓸어본다. 거기엔 설명할 수 없는 냉기가 배어 있다. 창에 비친 것은 형광등 불빛, 그리고 누렇게 바랜 잔디가 깔린 전염병 병동의 뜰. 간호조무사 한 명이 황토빛 석조 건물을 가로질러 뛰고 있다. 그녀는 가슴을 팔로 감싸 안고 바람을 피하려 하지만, 살짝 휘청거렸거나 무사히 균형을 되찾는다.

화장장 높은 굴뚝 위로 희뿌연 연기가 피어오른다. 죽음이 매일 이 병동을 지나간다. 불과 몇 달 전까지만 해도 그는 이 모든 일이 허황된 거짓말이라 믿었다. 자신과 같은 사람들을 겁주려는 '도덕적인 다수'의 교활한 간계라고 여겼다. 그러나 지금, 그는 이 차디찬 병실 한복판에 서 있다. 소매를 걷어붙인 채, 이 고립된 공간을 온몸으로 느낀다. 스톡홀름이라는 무자비한 도시 한복판에서 고립되고 격리된 곳. 침묵만이 흐르는 흰 병실, 생의 불꽃이 점차 꺼져가는 사람. 환자복도, 담요도 노란색이다. 아마 환자를 진정시키려는 색이겠지. 그러나 파울에게 이 색은 고요한 절망처럼 보였다. 희망은 너무 오래전에 문을 나섰고 이제 남은 것은 가끔 한기를 막아 주는 담요 몇 겹과 연민뿐이었다. 고요한 예배당처럼 침묵에 감싸인 화장장. 그 굴뚝 위로, 연기는 멈추지 않고 피어오른다. 고립, 격리. 아무리 소리쳐도 대답은 돌아오지 않는다. 이 악몽에서 친구를 깨울 수도 없다.

자유와 격정을 꿈꿨던 청춘이, 지금은 이 병실 한가운데 누워 조용히, 너무도 조용히 죽음을 향해 흘러가고 있다. 하지만 파울은 그의 곁을 떠나지 않는다. 지켜보고 손을 잡고 그를 혼자 남겨두지 않는다. 마치, 아직 무언가가 일어날 수 있다는 듯이.

"우리는 멈출 수 없어!"

그들은 함께 외쳤었다, 시위에서, 거리에서. 하지만 지금, 현실은 한 병상 위에 조용히 누워 있다. 그리고 그 외침은 천천히, 고요하게 사라져간다.

"초인종이 없는 것 같구나. 노크해 보렴, 베니아민."

스톡홀름 시내, 낯선 아파트 현관 앞. 가을빛이 드리워진 오후, 베니아민과 어머니는 나란히 서 있었다. 회중에서 할당받은 전도 지역은 이 아파트 몇 동뿐이었지만, 그 좁은 구역 안에서도 두 사람은 단정하고 정중하게, 모든 대문 앞에 선다. 베니아민은 깔끔한 퀼티드 재킷에 셔츠를 입고 넥타이를 매었다. 어머니는 늘 그렇듯 단정했고 미소는 잊지 않았다. 그녀가 살며시 고개를 끄덕이며 아들을 격려했다. 베니아민은 작게 숨을 들이쉬고 주먹을 가볍게 쥐어 노크했다. 그들은 기다렸다.

이 순간, 이 짧은 침묵이 베니아민에겐 가장 흥미로운 시간이었다. '어떤 사람이 나올까? 어떤 얼굴일까? 미소를 지을까, 아니면 문을 닫을까?' 궁금함과 두려움이 교차하는 시간. 슬리퍼를 끄는 소리가 다가오더니, 문이 조심스레 열렸다. 어두운 실내에서 담배 냄새가 흘러나왔다. 불도 켜지 않은 방 안, 음영 속에서 한 노파가 얼굴을 내밀었다. 낯선 시선을 흘기며, 묻는다.

"무슨 일이죠?"

베니아민은 주춤했다. 저도 모르게 어머니 뒤로 숨었다. 어머니는 환한 얼굴로 한 발 앞으로 나섰다.

"안녕하세요! 저는 브리타라고 해요. 여호와의 증인이에요."

"이쪽은 제 아들, 베니아민입니다."

브리타는 부드럽게 아들을 손짓했다. 베니아민은 조심스레 고개를 숙이며 인사했다. 그리고 연습한 문장을 떠올렸다. 부모님과 함께 연습하던 밤들이 스쳤다.

"팜플릿을… 드리려고요."

그는 손에 쥔 브로슈어를 내밀었다. 노파는 그것을 흘끗 보고는 얼굴을 찌푸렸다.

"필요 없어."

문은 천천히, 그러나 단호하게 닫혔다. 베니아민은 손을 내민 채 그대로 서 있었다. 손끝에서부터 얼굴까지 붉어졌고 가슴이 턱 막힌 듯했다. 어머니는 그런 반응에도 미소를 지웠다. 얼굴을 조금도 찡그리지 않았다. 오히려 더 따뜻하게 아들의 어깨를 감싸며 말했다.

"이런 경우도 가끔 있어."

그녀의 목소리는 담담하면서도 부드러웠다. 세상의 냉랭함이 아직은 낯선 소년의 마음을 가볍게 담요로 덮어주는 듯한 목소리였다.

"그럼, 다음 집으로 가볼까? 이번엔 네가 초인종을 눌러 보렴."

그들은 다시 걸었다. 느리지만, 믿음이 깃든 발걸음. 다음 아파트로 가서 초인종을 누르자, 다시 거절이 돌아왔다. 하지만 어머니는 여전한 미소로 문 앞에 섰다. 똑같은 문장으로 말문을 열었다.

"안녕하세요! 저는 브리타라고 해요. 여호와의 증인이에요. 이쪽은 제 아들 베니아민…"

좁은 부엌에서 가족은 둘러앉아 저녁을 먹었다. 회색 벽지는 햇살을 잃은 지 오래였고 아보카도빛 천장등은 그리 밝지 않았다. 결국 어두운 저녁 식탁 위를 밝히는 건 오븐 후드의 작은 불빛뿐. 천장의 등은 이전 세입자가 남겨두고 간 것이었다. 바닥은 리놀륨으로 깔려 있었다. 회색이지만, 묘하게 차분하고 포근한 톤이었다.

아버지는 감자와 크림소스, 월귤 잼을 곁들여 미트로프를 만들었다. 아이들을 위해 요리할 때면 언제나 그랬듯, 앞치마를 조심스레 두르고 셔츠 소매를 단정히 걷어 올렸다. 연어빛 셔츠는 잘 다려져 있었고 넥타이도 곧게 매었다. 그의 몸짓과 표정, 말투까지, 삶의 모든 자세에 절도가 묻어났다. 그것은 교육받은 품성이라기보다, 그의 본성이었다.

그는 가족 안에서 권위가 흔들리지 않았다. 회중의 남자들 중 일부는 그를 은근히 부러워했고 그는 그것조차 알고 있었다.

"오늘 전도는 어땠어, 베니아민?"

식사를 준비하며 아버지가 물었다.

언제나 앉는 자리, 식탁의 머리맡에 앉으며 말을 이었다. 그 자리는 그의 자리였다. 성경 공부도, 기도도, 식사도 그 자리에서 이루어졌다. 아버지의 관심이 기쁘고 자랑스러웠다. 베니아민은 환하게 웃으며 대답했다.

"봉사(전도)는 항상 좋아요, 아빠!"

베니아민은 한치도 망설이지 않고 말했다. 기쁨과 확신이 서려 있었다. 아버지는 만족스럽게 고개를 끄덕이며, 한 잔에는 도수가 낮은 맥주를, 다른 잔에는 물을 따랐다. 식탁 옆, 벽과 마르가레타 사이에 앉아 있는 어머니가 말을 보탰다.

"어떤 집은 관심을 보이기도 했어."

그녀는 베니아민 쪽으로 미소 지으며 말했다.

"성경을 더 읽어야겠어요."

베니아민이 간절한 목소리로 덧붙였다. 아버지가 팔꿈치를 탁자에 올리며 물었다.

“그래? 어느 부분을 읽었지?”

“「요한계시록」 21장 4절이에요.”

“그래, 잘 골랐어.”

아버지가 칭찬하자, 베니아민의 볼이 붉어졌다. 그날 저녁, 부엌
은 조용했지만 평화로웠다.

그 평화는 말보다 삶의 방식 속에서 빛났다.

“모든 눈물을 그 눈에서 닦아주시니, 다시는 죽음이 없고 애통하
는 것도, 곡하는 것도, 아픈 것도 없으리니…”

베니아민은 청년이 되어 있었다. 말끔하게 면도한 얼굴, 부드러
운 미소, 단정한 자세. 부엌 식탁에서 그는 한 중년 여인과 마주 앉
아 있었다. 그는 차분히 구절을 암송했고 여인은 조용히 듣고 있
었다.

“「요한계시록」 21장 4절이에요.”

낭랑하지만 조심스러운 말투였다.

그는 익숙한 동작으로 브로슈어를 꺼냈고 여인의 앞에 펼쳐 보
였다.

“괜찮다면 이 페이지도… 이쪽입니다.”

여인은 안경을 쓰고 페이지를 읽는 척했지만, 그 안에 별다른 감
흥은 없었다.

"아, 그래. 여기 있네."

그녀는 짧게, 시큰둥하게 말했다. 하지만 베니아민은 흔들리지 않았다. 그는 그녀가 단지 '함께 있는 것'만으로도 위로를 받고 있다는 사실을 알고 있었다. 마치 부모에게 물려받은 가르침이 뼛속 깊이 자리한 듯. 그의 품행은 단정했고 말투는 언제나 부드러웠다. 아버지처럼, 목소리를 높이지도 않고 성내지도 않았다. 다만, 단호했다. '옳음'에 대한 확신에서 비롯된 단호함이었다.

브로슈어를 테이블 위에 내려놓을 때도, 그는 그것을 마치 보물처럼 다루었다. 상대의 손에 조심스레 넘겨주고 테이블 위에 조용히 남겼다. 짧은 만남이 끝나자, 베니아민은 여인의 손을 가볍게 누르고 일어섰다.

"그럼, 잘 지내세요. 다음 주에 다시 찾아뵐게요."

그는 어머니처럼 웃었고 문을 조용히 닫고 나왔다. 가방에는 브로슈어가 몇 부 더 남아 있었다. 거리로 나오자, 10월 햇살이 빛났다. 공기는 청명했고 눈을 가늘게 떠야 할 만큼 밝았다.

이제 오늘 임무는 하나 남았다. 빌딩 하나만 더.

베니아민은 이제 19세. 고등학교를 졸업한 그해 여름, 그는 진정한 '파이오니아'가 되었다. 하루하루, 주간 22.5시간의 전도 활동, 화요일과 수요일, 토요일 저녁의 회중 모임, 그는 이 모든 것을 지

켜냈다. 그의 세계는 회중 안에서 완성되었다. 그곳이 전부였다. 친구도, 믿음도, 삶의 의미도.

부모는 자랑스러워했다. 그들에겐 그럴 만한 이유가 충분했다. 하지만 여동생 마르가레타는 그만큼 확신에 차 있지 못했다. 그녀는 말수가 적었고 낯선 이들과의 전도 활동에서 늘 긴장했고 조심스러웠다. 대화는 대부분 어머니나 친구가 대신했다. 아버지는 그런 딸을 자주 나무랐다.

"도움이 충분한데, 왜 이겨내지 못하니?"

그는 시련을 극복하지 못하는 것을 믿음의 부족으로 여겼다. 베니아민은 그런 아버지의 말을 당연히 여겼다. 그리고 동생을 진심으로 걱정했다. 그녀가 길을 잃고는 다시 돌아오지 못할까 두려웠다. 마르가레타는 학교에서 몇몇 친구들과 가까웠는데, 그 중엔 여호와의 증인이 아닌 남학생도 있었다. 부모는 걱정했다. '세속'에 물들지 않기를, 진리에서 멀어지지 않기를. 스포츠센터를 다니고 싶어하던 마르가레타에게 아버지는 조심스레 설명했다.

"그런 곳에선 네 믿음이 흐려질 수 있어."

모녀는 함께 『청소년은 묻는다[3]』 책을 읽었다. 딸은 반박했고 아버지는 인내하며 논박했다. 결국, 마르가레타는 아버지의 뜻에 따랐지만, 마음 깊은 곳에서는 여전히 주저했다. 베니아민은 그 마음을 읽을 수 있었다. 그래서 더 많이 걱정했다. 그는 동생을 사랑했고 동생이 진리를 놓치지 않길 바랐다. 오빠로서 당연히 그래야 한

---

3   여호와의 증인에서 발행하는 청소년들을 위한 지침서

다고 믿었다. 사랑은 인도하는 것이니까.

브렌쉬르카가탄의 좁은 가로에서, 베니아민은 옅은 저녁 햇살을 고요히 받고 서 있었다. 서류가방을 조심스럽게 열어, 전임자가 남겨둔 메모를 꺼내 들었다. 증인들이 모이는 왕국회관 안내 데스크에는 그날 전도를 나갈 구역의 지도가 놓여 있었고 지도 옆에는 선행자가 남긴 간단한 메모가 정돈되어 있었다.

'누가 문을 열었는지, 어떤 집이 비어 있었는지, 누구에게 거절당했는지, 누가 다음 방문을 원했는지.'

간결한 기호로 남겨진 이 기록은 작은 선이 되어, 베니아민이 발디딜 길을 조용히 인도해 주었다. 그는 이 낯선 지역을 처음 방문했다. 아파트에 들어가기 전, 메모 한 장을 천천히 훑었다. 메모에는 이렇게 적혀 있었다.

M, 30, NI

"남성, 30세, 관심 없음."

관심 없는 사람과 구원의 희망을 품은 사람 사이의 구분은 카드 위에 정확하게 기록되었다. 베니아민은 오늘 만날 누군가를 생각하며 성경과 브로슈어를 다시 정리했다. 그에게는 명확한 목적이 있었다. 세속에 휩쓸린 이들을 다시금 여호와의 품으로, 구원의 방주로 인도해야 한다는 사명감. 그는 오늘도 자신을 따르는 누군가를 위해, 같은 방식으로 후속 메모를 남길 것이다. 그는 대문 옆 인터

폰에 적힌 번호를 누르고 열리는 문 사이로 조심스럽게 들어섰다. 복도는 어둡고 조용했다.

고등학교 진학을 앞두고 베니아민은 부모, 특히 아버지와 조심스러운 대화를 나눈 적이 있다. 과연 '세속의 학문'이 자신에게 꼭 필요한 것인지, 신앙의 길과 균형을 어떻게 맞춰야 하는지. 그들에게 중요한 건, 학력도, 경력도 아니었다. 회중의 다수는 손에 흙을 묻히고 등골에 땀을 흘리는 이들이었다. 철물점 점원, 청소부, 신문 배달원, 그리고 파이오니아. 아버지는 시청 청소부였고 어머니는 가정부였다. 그들에겐 이름난 대학 졸업장보다, 주어진 삶을 성실히 살아내는 믿음이 더 중요했다. 예수도, 바울도, 베드로도 그러했다.

베니아민은 지적 재능이 있었고 열심히 공부했다. 그래서 고등학교에 진학하기로 결심했지만, 회중의 기대를 져버리지 않기 위해 그는 여름방학 동안 '보조 파이오니아[4]'로 자원했다. 한 달에 60시간, 매일 같은 거리에서, 같은 간절함으로 문을 두드렸다. 짧은 여름의 햇살 아래, 그는 별장 대신 아파트 골목을 선택했다. 여름이 끝나고 그는 철물점에서 파트타임으로 일했고 그 외 시간은 전부 전도에 쏟아부었다. 진심으로, 진리 안에서 살고 있었다. 부모는 그런 그를 눈부신 자랑으로 여겼다.

"⋯모든 눈물을 그 눈에서 닦아 주시니, 다시는 죽음이 없고 애

---

4 여호와의 증인이 되면 자동으로 전도가 의무가 되며 그중 한 달에 50시간 이상을 전도해야 하는 '보조 파이오니아'와 1년에 840시간 이상을 전도해야 하는 '정규 파이오니아'가 있다. '특별 파이오니아'는 한 달 120시간 이상을 전도한다.

통하는 것이나 곡하는 것이나 아픈 것이 다시 있지 아니하리니…"

성경 구절은 그에게, 그저 문장의 나열이 아니었다. 영혼의 숨결이었고 가슴에 새겨진 언약이었다. 이 말씀이야말로, 그가 세상을 향해 내미는 위안의 손길이었다. 그리고 지금, 그 손길은 한 남자의 마른 손을 따뜻이 감싸고 있었다. 환한 얼굴과 짙푸른 눈동자, 그는 늘 이 말씀을 사람들 앞에서 반복했고 이제는 마치 주문처럼, 병상 곁에서도 낮게 읊조리고 있었다. 그의 곁에 누워 있는 사람은 삶의 끝을 조용히 준비하고 있었다. 세균 감염과 암으로 망가진 얼굴. 쇠약하고 야위어버린 몸. 하지만 베니아민은 그가 여전히 아름답다고 믿었다. 이 모든 끔찍함은 언젠가 끝날 것이다. 지금은 믿기 어려울지라도, 주께서 약속하신 대로, 모든 것이 사라질 것이다. 그는 그 믿음을 단 한 순간도 놓지 않았다.

밖에는 눈이 내리고 있었다. 도시는 은빛으로 젖고 하늘은 조용히 내려앉았다. 화장장 굴뚝에서는 연기가 피어올랐고 그것은 마치 희생 제단에 피운 향처럼, 고요히 하늘로 올라가고 있었다. 희미한 빛이 가라앉은 스톡홀름의 거리. 그 속에서 라스무스는 회토리스공엔을 천천히 걷고 있었다. 세르겔스 광장에서 하위마르크트를 잇는 길목. 그는 수많은 사람들 속에서, 단지 이름 없는 하나의 그림자였다. 그날, 브렌쉬르카사 거리에서 베니아민이 수많은 초인종을 눌렀던 그날처럼, 하늘은 맑고 차가웠다. 하지만 라스무스와 베니아민은 아직 서로를 모른다. 만날 운명이었지만, 지금은 아니었다. 시간이 더 지나야 했다.

그들은 아직 행복했다. 서로에 대한 갈망은 막연한 불안처럼 저 멀리 어렴풋이 있었을 뿐. 그 불안은 자신 안에 무언가가 결핍되어 있다는 막연한 느낌. 그리고 그 결핍이 '무엇인지'는 언젠가 서로를 마주했을 때만 분명해질 것이었다. 라스무스는 군중 속에서, 자신의 존재가 투명하게 녹아드는 것을 느끼고 있었다. 누군가 그를 힐 끗 바라보고 지나갔지만, 멈추지도, 조롱하지도 않았다. 그 역시 그저 군중 속의 한 사람이었다.

숍 윈도에 비친 자신의 모습은 감추지 않았다. 등 아래로 찰랑이는 레드 와인빛 머리칼. 한 손에 쥔 궐련. 창백한 얼굴. 닐스 다르델의 그림처럼, 그는 〈죽어가는 멋쟁이〉의 환생 같았다.

그는 아직 몰랐다. 자신을 향해 천천히 다가오는 누군가가 있다는 것을. 아직은 모를 수밖에 없었다. 세상은 조용히, 그러나 서서히 그들을 향해 열리고 있었다.

〈죽어기는 멋쟁이〉 같은 젊은이는 어디에서도 찾을 수 없었다. 라스무스는 그 그림 속 인물을 거의 신처럼 숭배했다. 그에 비해, 세상은 빌어먹을 촌놈들 투성이였다. 하지만 그는 달랐다. 세련된 지성인이었다. 물론, 그는 때때로 잘못 보기도 했다. 하지만 그의 눈은 멍하고 반쯤 감긴 그 멋쟁이의 눈과는 달랐다. 푸른빛이 감도는 큰 눈동자. 행복으로 반짝이는 눈. 냉담한 표정을 지으려 해도 번번이 실패했다. 얼굴에는 늘 호기심이 맴돌았고 웃음이 미처 사라지지 않았다. 삶에 대한 갈망. 그건 어쩌면, 그가 아무리 감추려 해도 얼굴에서 지워지지 않는 유일한 표식이었다. 이모의 집으로 이사 온 뒤, 그는 그곳을 '거처'가 아닌 자신의 '도시'로 만들고자 했다. 그래서 집에 붙어 있지 않았다.

그는 마치 도시 전체를 탐험하는 어린아이처럼, 마음 가는 대로 지하철을 탔다. 프리드헴스플란에서 상크트 에릭스플란, 에릭스플란에서 오덴플란, 오덴플란에서 로드만스가탄, 거기서 하위마르케트, 그리고 T-센트라렌까지. 또한 적색 라인으로 갈아타 외스테르말름스토리 스타디온, 테크니스카 회스콜란까지.

그곳에선 예술의 어머니 같은 교수의 수업을 듣기도 했다. 그래야 학자금 대출이 나왔기 때문이다. 하지만 절대 넘지 않는 경계도 있었다. 감라스탄이나 슬루센을 지나서는 안 된다. 그 너머, 마리아토르게트, 신켄스담, 호른스툴, 메드보리아르플랏센, 스칸스툴은 마치 다른 대륙처럼 낯설고 두려웠다. 도시는 사람들로 가득했다. 처음 보는 사람들. 구태여 아는 척할 이유도 없는 사람들. 그는 코폼에서는 누구나 서로를 알지만, 정작 자신을 아는 이는 아무도 없었다고 생각했다. 지하철 좌석에 앉아 창문 밖 암벽을 바라보는 척하면서, 실은 창에 비친 다른 사람들의 모습을 관찰했다. 마치 생물학자가 표본을 수집하듯, 그는 그들을 관찰하고 분류하고 조용히 자기 세계에 저장했다. 때로는 맞은편에 앉은 미지의 남자와 사랑에 빠지는 상상도 했다.

미지의 남자가 라스무스를 바라보는 시간이 충분히 길다면, 그것으로 족했다. 상트 에릭스플란에서 T-센트라렌까지, 그 짧은 시간 동안 그는 함께 사는 미래를 그렸다. 누군가를 사랑하고 따르겠다는 결심은 의외로 쉬운 일이었다. 라스무스는 늘 누군가를 갈망했다. 가시지 않는 신열처럼, 그는 그 감정을 오래도록 끌어안고 있었다. 마치 바람에 떠밀리는 비닐봉지처럼, 길 위에서 부유하는 존재.

도시에 익숙해진 어느 날, 라스무스는 역과 역 사이를 걸을 수도 있다는 사실을 깨달았다. 회토리예트와 로드만스가탄 사이가 그리 멀지 않다는 걸 안 후부터, 그는 일부러 걸었다. 새로운 역에 도착할 때마다 사방을 둘러보고 그곳을 기억했다. 그렇게 스톡홀름은 그의 것이 되어갔다. 그러던 어느 날, 라스무스의 앞을 여성 셋이 지나가며 진열창에 비친 그의 모습을 가렸다. 동시에, 라스무스의 왼편에서는 펑크족 무리가 독일산 셰퍼드를 끌고 가는 남자와 마주쳤다. 그는 이제 진열창 속의 자신을 더 이상 보지 않는다. 그 또한 수많은 사람 중 하나일 뿐이었다. 그 순간, 도시 전체에 품고 있던 순결한 인상이 사라졌다. 나뭇잎은 붉게 물들기 시작했고 피콜리노 커피숍 앞에는 긴 줄이 이어졌다. 이번 주말이 지나면 야외에서 커피를 마실 마지막 기회일지도 모른다.

『스파르타쿠스』라는 국제 게이 가이드는 쿵스트레드고르덴의 이 카페를 스톡홀름 유일의 게이 카페로 소개했다. 그러나 그 책을 꼼꼼히 읽어본 파울은 웃으며 말했다. 그 가이드는 예테네도 포함되어 있다고.

예테네 거리에 어둠이 내리면, 게이 남성들은 쿵스 공원의 어스름 속으로 서둘러 걸음을 옮긴다. 서로의 눈빛을 찾고 짝을 만나면, 이윽고 슬로트스콕스 공원으로 발걸음을 재촉한다. 사랑보다는 누군가에게 닿으려고.

파울은 그 장면을 이야기하며, 담배에 연달아 불을 붙였다. 입가에는 익숙한 웃음이 번졌다. 지금 그는 벵트와 함께 피콜리노 카페의 야외석에 앉아 있다. 커피 향이 퍼지는 오후, 파울은 지나가는 사람들을 눈여겨보며 아는 얼굴이 보이면 손을 흔든다. 누구도 그의 인사를 외면하지 않는다. 이곳에서, 그는 중심이다.

열 살 어린 벵트는 한때 파울이 사랑했던 수많은 연하들 중 하나였다. 그와 마찬가지로, 파울은 연하들을 돌보았다. 따뜻한 저녁 식사를 차려주고 담배를 사주며, 때론 잠자리까지 내어주었다. 사랑이 그들에게는 약속이 아니었고 거창한 미래도 아니었다. 다만, 돌봄이었다.

파울은 그들 모두를 사랑했다. 처음, 파울과 벵트 사이에도 사랑이 있었다. 아니, 섹스가 있었다고 하는 게 더 정확할지 모른다. 가장 자연스러운 방식으로 관계는 시작되었다. 파울은 '세상에서 가장 바보 같은 짓'이라며 웃었지만, 둘은 곧 친구가 되었고 더 나아가 가족이 되었다. 서로를 돌보는 존재가 되었다.

세상에 진짜 가족이란 무엇인가? 서로의 곁을 지키는 것. 배신당했을 때, 상처받거나 취해 흐느낄 때, 부모에게 실망했을 때, 혹은 부모를 도무지 이해할 수 없을 때. 그런 순간, 옆에 누워 안아주는 존재. 그것이 가족이다. 그것은 파티에 가서 춤추는 것보다도, 이케아에 함께 가는 것보다도, 훨씬 간단하다. 그렇게 그들은 가족이 되었다. 유일하고 진실한 가족 말이다.

파울은 단지 조금 더 나이가 많을 뿐이었다. 그는 매년 스물여덟이 되곤 했다. 사람들은 그를 '낸시 보이', 가난하지만 최선을 다하는 어머니 같은 존재라 불렀다. 오랜 친구 세포는 '파울은 세상에 드문 진짜 상냥한 사람'이라 했고 파울은 손사래를 치며 '그냥 청승 떠는 늙은 여왕일 뿐'이라고 응수했다. 그것이면 충분했다.

그는 언제나 유쾌하게, 웃음으로 사람을 맞았다. 뺨에 입을 맞추며, 테이블에 자리를 하나 더 만든다. 뱅트를 우승컵처럼 자랑하며 소개할 때면, 모르는 사람은 둘을 연인이라 착각할지도 모른다.

벵트는 스물한 살. 외스테르순드 근처 함마르스트란드에서 자랐다. 그 지역은 유독 게이들이 많았다. 이유는 알 수 없지만, 파울은 늘 말하곤 했다.

"아마 호수 스토셰의 공기 때문일 거야. 날씨가 다르면 과일도 다르게 익는 법이잖아."

"트랜스젠더 기념일에, 신께서 제일 못생긴 트랜스젠더를 데려가신다면, 틀림없이 옘틀란드 사투리를 쓰실 거야!"

파울의 농담이었다. 하지만 말처럼, 게이들은 전국 곳곳에서 스톡홀름으로 모여들었다. 북부 노르란드에서, 중서부 옘틀란드에서, 남부 스코네에서. 크고 작은 도시에서. 함마르스트란드, 브룬플로, 에스킬스투나, 피테오, 스켈레프테오까지. 그들은 가족과 고향을 떠나 이곳으로 왔다. 추억과 상처, 놀이터와 울음을 남겨두고 이 낯선 도시에서 새로운 삶을 시작했다. 파울은 그들을 품었다. 어머니처럼, 친구처럼, 집처럼. 10월의 햇살이 머무는 토요일. 피콜리노 카페는 마지막으로 야외 자리를 내어주고 있었다. 모두가 그 자리에 앉아, 따뜻한 커피를 마시며, 이 도시에서 다시 태어났다. 새로운 이름으로, 새로운 가족과 함께.

벵트는 열여섯 살에 이곳에 왔다. 이혼한 어머니와 형들은 고향에 남겨두었다. 어머니는 늘 걱정했다. 그는 유명 감독의 오디션에 응시했고 영화가 끝난 뒤에도 머물렀다. 그를 사랑했던 감독과 함께 살았다. 누가 누구를 더 원했는지는 알 수 없었다.

그는 쉬르코 거리와 중앙역 부근을 오래 배회했다. 그는 매춘을 했을까? 아니면 사랑을 나누었을까? 정의는 언제나 모호하다. 젊은 게이에게 이 도시는 충분한 기회를 주지 않는다. 돈이 없는 창녀는 여전히 창녀일 뿐이다. 부드러움과 욕망은 늘 비틀린 방식으로 교차하고 어떤 이는 쓰다듬다가 뺨을 때린다. 모든 것은 거래일 뿐이었다.

파울과 벵트가 처음 만난 것도 성당 북쪽 거리였다. 그 누구도, 늘 혼자 살아갈 수는 없다. 결국 사람은 누군가를 필요로 한다. 처음에는 육체에서 시작된 관계였지만, 시간이 흐르며 파울은 벵트를 돌보기 시작했다. 세포가 말했듯, 파울은 상냥한 사람이었기에. 외로움을 알아서, 다른 사람을 안을 줄 아는 사람이었기에.

이제 벵트는 달라졌다. 스물한 살의 청년이 되었고 사람을 읽을 줄 알았다. 자신을 사랑하고 지지해 주는 진짜 가족이 생겼다. 더는 성당 북쪽에서 울던 십 대가 아니다. 그는 드라마 스쿨에 합격했고 백여 명 중 열두 명 안에 들었다. 오래 품어온 꿈이 현실이 되었고 그는 이제 그 길로 살아갈 것이다. 그의 유일한 단점은 어쩌면 너무 아름답다는 것. 누군가가 벵트를 아름답다고 하면, 파울은 웃으며 손사래를 친다. 그리고 벵트의 무릎을 두드리며, 사투리로 말한다.

"곧 지나가, 자기야. 곧 지나갈 거야."

그리고 파울은 담배에 불을 붙인다. 노란색 블렌드. '여왕을 위한 담배'라 불리는 그것. 파울은 여전히 지나가는 사람에게 소리치며 인사를 건넨다. 언제나처럼, 그의 테이블은 누구에게나 열려 있다. 아는 사람이 지나가면, 파울은 어김없이 목소리를 높여 인사를 건 넨다. 그 목소리에는 늘 웃음이 섞여 있다. 지나치는 이들도 멈추어 미소를 짓고 짧은 대화를 나누다 다시 걸음을 옮긴다. 그런 장면이 이 거리에서는 흔한 풍경이다.

왕국 회관에 갈 때면, 모두가 정성껏 차려입는다. 단지 예의 만 이 아니라, 마음을 경건하게 다듬으려는 작은 의식이기도 하디. 소 년들은 빳빳한 셔츠와 넥타이로 단정하게 슈트를 갖춰 입고 소녀 들은 신중히 고른 하이힐을 신고 조심스럽게 걷는다. 모임에 앞서, 그날 나눌 성경 구절이나 주제를 미리 읽고 준비하는 것이 관례이 다. 강의가 진행되는 동안에는 조용히 노트를 펴고 필기한다. 회관 은 교회라기보다는 차분한 강의실에 가까운 공간이다. 십자가나

종교적 상징물은 없고 오직 진지한 표정의 사람들과 정돈된 공기가 있을 뿐이다.

교당 바깥에는 낮은 선반이 놓여 있고 그 위에는 다양한 브로슈어와 자료가 정갈하게 정리되어 있다. 누구든 필요한 것을 꺼내 갈 수 있다. 전도 활동에 나설 사람들은 각자의 구역을 등록한다. 그런 날, 잉마르는 익숙한 발걸음으로 '잡지 구역 책임자'에게 다가갔다. 오랜 친구인 기데온이었다.

"기데온! 오늘은 어디로 갈까?"

잉마르의 목소리는 또렷했고 그들은 반갑게 손을 맞잡았다.

"잉마르!"

기데온도 같은 톤으로 대꾸하며 미소 지었다. 그는 서랍 속 카드 상자를 뒤지다가 물었다.

"호른스 거리 29번지에서 31번지까지, 어때?"

"좋지! 베니아민, 같이 갈래?"

잉마르가 아들에게 말을 건넸다.

베니아민은 한쪽에서 전도 자료를 고르고 있었다. 붉은색 브로슈어와 소책자를 차례차례 넘겨보며, 조용히 대답했다.

"혼자 가는 게 좋을 것 같아요."

말은 무심했지만, 동작은 부드러웠고 집중은 흐트러지지 않았다. 잉마르는 전혀 실망하지 않았다. 오히려 그 대답 속에서 무언가 믿음직스러운 기운을 읽은 듯, 아들과 기데온을 번갈아 바라보며 고개를 끄덕였다. 그 눈빛엔 자부심이 은은하게 배어 있었다.

"그래, 그래. 그럼... 마르가레타는?"

잉마르의 시선이 이번엔 딸을 향했다. 그녀는 순간 어깨를 움찔였다. 이미 다른 구역을 생각하고 있었던 것이다. 아버지의 말은 제안이라기보다는 확고한 의지였다.

"나랑 같이 가자."

"...예, 아빠."

작은 목소리로 대답하며 고개를 떨군 마르가레타는 아버지의 기대를 저버릴 수 없다는 듯 체념한 미소를 지었다. 잉마르는 다시 기데온을 바라보았고 기데온도 그 눈빛을 거울처럼 받아들였다. 오래 알고 지낸 두 사람은 말없이 서로를 이해했다. 둘 다, 좋은 아버지가 되기 위해 애쓰는 사람들이었다. 그때, 조용히 자료를 뒤적이던 베니아민이 고개를 들고 끼어들었다.

"『곧 우리 앞에 펼쳐질 더 나은 세상』을 찾고 있어요."

기데온은 작게 웃으며 붉은색 책자 하나를 꺼내 그에게 건넸다.

"여기 있어."

서늘한 가을 공기 속, 회관 안은 그들만의 방식으로 따뜻했다. 누군가는 침묵 속에서 신념을 새기고 또 누군가는 조용히 가족을 지킨다. 그 하루도 그렇게 흘러갔다.

"감사합니다. 구역도 할당해 주세요. 브렌쉬르카 근처면 좋겠어요. 다시 가보고 싶은 곳이 있어서요."

베니아민의 말은 정중했고 그 말투엔 조금의 설렘도 섞여 있었다. 기데온은 카드를 찾으려고 상자를 뒤적였다. 손끝으로 하나씩 넘기다 말고 조용히 카드를 꺼내 들었다.

"상트 파울스가 33에서 37번지. 어때?"

"완벽해요. 정말 감사합니다.

베니아민은 환하게 웃으며 카드를 받았다. 그 짧은 순간, 그는 자신이 사건 한가운데 서리라는 사실을 전혀 눈치채지 못했다. 인생의 중요한 전환점은 그렇게, 아무런 전조 없이 다가온다. 세계는 매 순간 조용히 방향을 바꾸고, 거대한 고리는 작은 시작에서 비롯된다. 베니아민은 미소를 머금은 채 조심스럽게 카드를 접어 서류가방에 넣었다. 가방 안에는 오늘 모임에서 필기한 메모와 『파수대』 책자가 곱게 들어 있었다. 그는 아버지를 따라 나섰고 하이힐을 신은 마르가레타는 말없이 그들 뒤를 따랐다. 약간의 거리, 무겁지 않은 불만의 표정. 그 모습도 늘 그대로였다.

라스무스는 부엌에서 조심스레 요리를 하고 있었다.

화덕 위에서 기름이 조용히 튀었다. 얇게 썬 감자와 양파에 카레가루를 묻힌 후, 우유 한 스푼을 부어 볶았다. 한쪽에선 밥이 고슬고슬 익어가고 있었다. 그의 요리는 특별할 것 없는 일상의 의례 같았다. 식탁에 앉은 이모 크리스티나는 커피를 마시며 저녁 신문을 넘기고 담배 연기를 천천히 뿜었다. 그녀의 손길은 익숙했고 그 여유 속에 삶의 흔적들이 조용히 배어 있었다. 그녀는 무심한 듯 라스무스에게 말을 건넸다. 대학 생활은 어떤지, 친구는 생겼는지. 혼자가 어렵다면 동아리를 찾아보라고 조언했다. 또, 네 엄마가 요즘 매일 전화한다고도 했다. 걱정이 많아 어떻게 받아줘야 할지 모르겠다면서, 라스무스도 엄마 성격을 알지 않냐고 말했다.

그 말에 라스무스는 미소도 짓지 않았고 크리스티나는 곧 침묵했다. 잠시 후, 그녀는 '내가 언니에게 네가 밤새 외출한 얘기는 하지 않았어'라고 말했다. 그 말은 단순한 진술이 아니라, 일종의 보증이었다. 하지만 라스무스는 아무 반응을 보이지 않았다. 그 침묵에 조급해졌는지, 크리스티나는 말끝을 조금 더 단호하게 맺었다.

"너는 이제 성인이야. 하고 싶은 대로 해도 돼. 그리고 기억해. 난 아무 말도 하지 않았어. 네 편이야."

그녀는 조심스럽게 말을 이었다.

"스톡홀름은 아름답지만… 때론 아주 가혹한 도시가 될 수도 있어. 특히, 운이 없을 땐. 넌 아직 열아홉이고 모든 걸 알기엔 이른 나이야. 네게 무슨 일이 생긴다면, 나는 평생 나 자신을 용서하지 못할 거야. 책임이 있어, 나에게도. 그러니까 믿어줘. 나는 네 누나도, 엄마도 아니지만… 기대도 돼. 친구처럼, 아니 어쩌면 그 이상으로."

라스무스가 조용히 마지막 불을 끄고 접시에 밥과 카레를 담을 무렵, 크리스티나는 담배에 다시 불을 붙였다. 그녀는 붉은빛이 도는 구드룬 셰덴 원피스를 입었고 적갈색 단발머리는 살짝 귀를 넘긴 채 떨어졌다. 필터 없는 프랑스 담배를 피우며, 자신만의 방식으로 자유롭게 산다. 현대 미술관 후원회 회원이며, 시립극장의 스크립터로도 일하는 그녀는 예술과 현실 사이의 경계에서 균형을 유지하는 법을 알고 있었다. 하지만 그녀의 연인 라세는 전혀 달랐다. 지저분했고 꾀죄죄했으며, 언제나 취해 있었다. 이빨은 누렇게 변색되었고 손끝은 니코틴으로 얼룩져 있었다. 그 역시 작가라 불리지만, 사실은 술 마시고 떠드는 데 더 익숙한 인물이었다. 그는 오래된 노래를 엮은 책 하나로 돈을 좀 벌었지만, 자비로 책을 내는 것을 자랑으로 여겼고 '상업 출판은 배신'이라고 말하곤 했다.

한 달에 한 번, 이모의 집에선 와인과 치즈가 놓인 채, 시낭송이 이루어졌고 라세는 빠지지 않고 자작시를 큰 소리로 읽었다. 자기가 쓴 단 한 권의 책에서 말이다. 그날 저녁도 다르지 않았다. 초인종이 울렸고 라세가 문을 열고 들어왔다. 그는 라스무스를 향해 똑바로 다가왔다. 싱크대에 기대어 담배를 말며, 라스무스가 설거지하는 모습을 지켜봤다. 예술사 수업은 어떤지, 담당 교수가 자기 친구라고 말하는 그의 말에는 거리낌이 없었다. 친근한 척, 친한 척, 심지어 같은 무리에 속한 듯한 태도. 그런 태도야말로 라스무스가 가장 싫어하는 것이었다.

라세는 가족이 아니었다. 그와 크리스티나가 서로의 입술과 손을 니코틴 냄새 속에 섞으며 사랑을 나눈다는 생각만으로도 라스무스는 숨이 막혔다. 그는 제 선입견으로 라스무스를 판단하고 훈계하려 들 때, 증오가 치밀었다. 라세는 모르는 척하면서도 안다고 착각했고 그런 태도가 라스무스를 더욱 불편하게 만들었다. 그는 자신이 라스무스에 대해 뭔가 알고 있다는 듯 넌지시 말을 던졌고 마치 비밀을 공유하는 사람처럼 말을 걸었다. 크리스티나가 라세의 말에 고개를 끄덕였을 때, 라스무스는 숨이 막혔다.

그는 라세의 손길을 뿌리쳤고 라세는 웃으며 말했다.

"악마 같군."

라스무스가 외출한다고 하자, 라세는 50크로나를 쥐여주며 말했다.

"가는 김에 맥주 좀 사 와."

마치 어디선가 굴러온 의붓아버지처럼, 아니 그보다 더 불쾌하게. 그러나 최악은 그 직후였다. 라스무스가 현관문을 열고 나서려던 찰나, 라세는 그를 멈춰 세웠다. 크리스티나가 듣지 못하도록, 조용한 목소리로 속삭였다.

"팀메르만스가 근처, 마리아토르게트 근방. 클럽 티미. 정확한 주소는 모르지만, 상트 파울스랑 크루쿠마카르 사이 어딘가일 거야. 찾기 어렵지 않을 거야."

라스무스의 얼굴이 붉게 물들었다. 말이 나오지 않았다. 그러자 라세는 너무나 다정한 척, 그의 어깨를 툭 쳤다.

"내가 너라면 꼭 가보겠어. 거기 RFSL 본부야."

리스무스는 그곳을 잘 몰랐다. 하지만 그 장소를 라세가 언급했다는 사실만으로, 온몸에 거부감이 밀려들었다. 거실에서 크리스티나가 걸어 나왔다.

"무슨 일이야?"

"아무것도, 아무것도 아니야!"

라세가 웃으며 말했다.

"우린 그저… 인생과 사랑에 대해 잡담 좀 했지."

그는 라스무스를 향해 의미심장한 눈짓을 했다. 마치 두 사람만의 비밀이라도 생긴 것처럼.

◈

10월의 어느 저녁.

겨우 8시가 지났을 뿐인데도 이미 밤처럼 어두웠다. 베니아민은 평소처럼 전도 중이었다. 상 파울스가의 허름한 아파트, 그중 2층 복도에 서서 초인종을 눌렀다. 이 순간이, 그에게는 가장 설레는 시간이기도 했다. 누군가를 위해 준비하며 기다리는 일. 문이 열리는 찰나, 낯선 이를 처음 마주하는 그 짧은 순간.

문을 연 남자는 담배를 손가락 사이에 끼고 있었다. 짙은 금발이 뿌리까지 내려앉은 머리, 햇볕에 그을린 피부. 여호와의 증인을 마주한 그는 놀란 듯, 그러면서도 장난스럽게 웃었다.

"와우! 여기서 뭐 하세요?"

그는 쇠데르만란드 억양으로 말을 걸며 입술을 살짝 핥았다. 베니아민은 익숙한 미소를 지었다. 낯선 이 앞에서 감을 잡아가는 시간, 그는 언제나 침착했다.

"안녕하세요. 저는 베니아민 닐손입니다. 여호와의 증인이에요. 괜찮으시다면 브로슈어 몇 장 전해드리고 싶습니다."

"난 파울이라고 해."

남자가 말을 끊듯 덧붙였다.

"밖에 서 있기 불편해 보여. 들어올래?"

그는 문을 활짝 열어둔 채 거실 쪽으로 사라졌다. 베니아민은 잠시 머뭇거렸다. 이런 반응은 처음이었다. 그러곤 조심스레 그를 따라 실내로 들어섰다. 현관 복도에는 구두, 부츠, 군화, 실크 숄, 털신, 흰 가죽 재킷, 소매가 닳은 재킷, 못과 사슬이 박힌 검은 가죽 재킷이 널브러져 있었다. 그는 베니아민을 기다리지 않고 빠르게 거실로 향했다. 마치 나비가 날갯짓하듯 경쾌한 걸음으로.

"커피? 와인? 진토닉?"

그가 뒤돌아보며 묻더니, 말을 이었다.

"하지만 크리스찬이면 술은 안 마시겠네?"

베니아민은 고개를 조용히 저었다.

"커피 주세요."

그는 돌아서며, 마치 베니아민을 그 자리에 못처럼 박아두려는 듯 바라보았다.

"아름다운 청년이군."

갑지기 진지해진 목소리였다.

"당신을 위해서라면 뭐든지 할 수 있을 것 같지만… 음, 지금은 커피는 안 되겠네. 시간이 없어. 술을 마셔. 아니면 아무것도 줄 수 없어."

거의 협박처럼 들렸다. 하지만 이내 그는 등을 돌리며 다시 말을 이었다.

"성탄절 장식 상자를 꺼내던 참이었어. 알아. 나도 알아. 꺼내야 할 게 너무 많지. 너도 알잖아?"

방 안은 어지러웠다. 바닥이며 소파, 커피 테이블 위에는 종이 상자가 가득했고 그 속에는 트리, 작은 신령, 큰 신령, 벌거벗은 신령, 깜빡이는 전구, 플라스틱 꽃, 촛대, 비단 천, 작은 구유, 꽃무늬 식탁보, 성탄절 양까지… 성탄절 장식이 넘쳐났다.

베니아민이 조심스레 말했다.

"아시겠지만, 저희는 성탄절을 기념하지 않습니다."

파울은 손을 휘저으며 웃었다.

"오, 달링! 나는 유대인이야. 우리도 성탄절을 쉬진 않아. 그래도 집을 장식하는 건 전혀 다른 차원이야. 앉아. 나는 파울이라고 했지. 베니아민… 이름이 멋져!"

그는 소파 빈자리를 가리켰다. 베니아민은 어색하게 앉으며 서류 가방을 열었다. 파울은 그의 곁에 바짝 붙어 앉았다.

"네가 좋아하는 것이라면 뭐든지. 알지? 알프스 호숫가에서 호랑이와 양과 함께 소풍 나온 가족을 그린 그 그림. 그거 진짜 좋아해. 어디 보자…"

파울은 브로슈어를 툭 잡아 펄럭이며 넘기다가 중앙에 실린 삽화를 발견하곤 눈빛이 밝아졌다.

"여기 있네! 사랑스러운 그림이야!"

그리고는 브로슈어를 옆으로 밀쳐두고 소파에 몸을 기대며 팔을 뻗었다.

"이제 말해봐. 네가 전하고 싶은 이야기."

베니아민은 마음이 조금 풀렸다. 불쾌하거나 위협적인 만남은 여러 번 겪었지만, 이 미묘하게 정신없고 활기찬 분위기는 전혀 달랐다. 상대는 전도에는 관심 없었는데, 베니아민이라는 사람에게는 분명한 관심을 갖고 있었다. 그의 말에, 표정에, 움직임에. 그는 단지 여호와의 증인을 마주한 것이 아니라, '베니아민'을 보고 있었다. 그를 온전히 한 인격체로 보고 온 마음을 다해 집중하는 사람이었다.

"만약 『요한계시록』을 읽는다면….".

베니아민이 '신께서 모든 이의 눈물을 닦아 주실 것이다'라는 구절을 막 암송하려는데, 파울이 급히 손을 들며 말했다.

"자기야! 이미 다 믿는다고 했잖아! 네가 원하는 거라면, 내가 네 앞에서 무릎 꿇을 수도 있어!"

그는 웃으며 베니아민에게 담배 한 개피를 권했다. 당황한 베니아민은 고개를 저었다.

"대단해! 여호와의 증인이 이런 멋진 작품을 만들다니!"

파울은 브로슈어를 내려놓으며 감탄을 숨기지 않았다.

"바로 믿음이 생겼어! 네가 이렇게 풋풋한 아도니스[5]라니, 네가 초인종을 누르는 순간 난 천국에 있는 기분이야!"

파울은 환하게 웃었다. 베니아민은 얼굴이 빨개졌다. 어떻게 대답해야 할지 몰라 머뭇거렸다. 어렸을 때부터 매주 왕국 회관의 복

____

5 아도니스는 그리스 신화에 나오는 미남 사냥꾼이다.

음 전파자 학교에 다니며 돌발 상황에 대비하는 법을 배웠고 질문에 어떻게 답하고 반박에 어떻게 대응할지 상황극으로 연습도 했다. 하지만 이 특별한 상황, 처음 보는 구릿빛 피부와 금발의 남자가 자신이 전하고자 하는 메시지가 아니라 자신의 존재 자체에 집중하자, 베니아민은 몹시 당황했다. 신학교나 『파수대』에도 이런 상황은 가르쳐 주지 않았다. 전도 중 처음 겪는 이 이상한 상황에, 베니아민은 적절한 대답을 찾지 못하고 본능적으로 소파에서 일어났다. 파울은 말없이 베니아민의 눈치를 살피며, 뭐라고 할지 진지하게 기다리고 있었다. 어쨌든, 베니아민이 자청해 초인종을 누르고 초대에 응한 것이다. 또한 여호와의 구원과 사랑을 전해야 하는 것도 바로 베니아민 자신이었다. 베니아민은 목청을 가다듬으며 겨우 한마디를 꺼냈다. 말이 머릿속을 맴도는 이유를 스스로도 알지 못했다.

"혹시, 제가 폐를 끼치는 건 아닐까요?"

"전혀 아니야. 왜 그렇게 생각해?"

파울은 베니아민이 물러설 결심을 한 줄 알고 말했다.

"가야 할 것 같아요."

"그래, 네가 말린다고 가지 않을 것도 아니고."

파울은 놀란 듯했지만, 한편으로는 약간 실망한 표정으로 자리에서 일어나 베니아민를 정중히 현관까지 배웅했다.

베니아민이 신발 끈을 최대한 빨리 묶는 걸 지켜보았다.

"어쨌든, 이제 내가 어디 사는지는 알았으니."

베니아민은 부끄러워 얼굴을 붉히며 대답했다.

"네, 알고 있습니다."

숨을 몰아쉬며 말했다.

"편할 때 언제든 다시 오세요. 늘 환영입니다."

파울은 따뜻한 눈빛으로 격려했다.

베니아민은 잠시 망설이다 다시 입을 열었다.

"일주일 뒤에 다시 올 수 있을 것 같습니다. 브로슈어를 읽으시겠다면….“

파울은 눈동자를 굴리며 웃었다.

"넌 벌써 날 구원했어, 자기야. 그냥 와!"

갑자기 숨을 거칠게 쉬며 덧붙였다.

"오! 성탄절 전야에는 꼭 와. 사랑스러운 사람이 많이 올 거야. 이날을 안 축하하면 인생을 제대로 못 살 걸."

베니아민은 현관문을 한 발짝 벗어났는데도 균형을 잃는 듯했다. 마치 어떤 난관에 부딪힌 것 같았다. 이런 상황을 대비해 수없이 연습했지만, 이번만큼은 달랐다. 베니아민은 연습한 대로 침착하게 웃었다. 이렇게 하면 대화 상대보다 우위를 점힐 수 있다고 믿었다.

"고맙습니다. 당신은 매우 친절한 분이군요. 정말 감사했습니다."

속으로는 달랐지만, 지금은 이렇게 말하는 게 가장 쉬운 길이었다. 조금 뒤로 물러서며 말했다.

"글쎄요, 며칠 안에 다시 오겠습니다."

파울은 어깨를 으쓱이며 말했다.

"좋을 때 언제든. 지금은 안녕."

파울은 서운한 듯 말하고 금발 남자는 문을 닫았다. 베니아민은 돌아서서 계단 쪽으로 향했다. 문이 닫힐 때, 다시 멈춰 섰다. 공손한 눈빛으로 뒤돌아보았다. 그 남자의 멋쩍은 미소와 깊은 눈빛을 마주쳤다.

"마지막으로 하나만 더. 자기야, 너에게 꼭 알려주고 싶은 게 있어⋯."

베니아민은 당황했고 무슨 말인지 몰라 대답이 늦어졌다.

"예?"

그 이상한 남자는 하고 싶은 말을 망설이는 듯 얼굴을 찌푸렸다. 불편한 말을 하려는 듯 잠시 머뭇거리다가, 작심한 듯 직설적으로 말했다.

"너, 동성연애자라는 거 알지? 그렇지?"

베니아민은 아파트를 나섰다. 찬 공기, 가을 거리, 인도는 이전 저녁과 다를 바 없었다. 모든 것이 변하지 않았다. 단, 자신을 제외하고는. 전봇대에 찢긴 채 걸린 정치 포스터가 보였다.

유럽노동자당 당원이 올로프 팔메를 비난하며 만든 포스터였다. 스웨덴 수상이 KGB 간첩이라는 괴담이었다. 팔메가 사탄처럼 그려져 있었다. 베니아민은 한기를 느꼈다. 다리가 풀려 마리아 광장으로 가는 걸음이 더뎠다. 머릿속이 복잡했다. 날씨는 쌀쌀했지만, 그는 공원 벤치에 앉았다. 그 앞에는 용과 싸우는 남자의 조각상이 있었다. 북유럽 신화 속 토르였다. 그는 해머로 이승의 뱀을 처단해야 했다. 여호와께서도 바다 괴물 레비아탄과 싸우셨다. 그 싸움으로 혼돈 속에서 질서가 창조되었다. 우리를 타락시키고 파괴하는 유혹과 맞서는 싸움이었다. 베니아민은 자신의 손을 내려다보았다. 손이 떨리고 있었다. 무릎 위에는 서류 가방이 놓여 있었다. 갑자기 이유 없이 가방을 열었다.

'어디로 가야 하지? 어떻게 해야 하지?'

원래 오늘 전도 기록을 남기려 했던 것을 떠올렸다.

'어떻게 써야 하지? 어떤 약어를 써야 하지?'

머릿속에서 문장이 떠올랐다.

'저는 도살장으로 스스로 걸어가는 황소와 다를 바 없습니다. '

이 말이 성경 구절임을 알고 있었다. 갑자기 가까운 곳에서 웃음소리가 들렸다. 마치 자신을 비웃는 듯했다. 금발 사내, 사탄처럼 느껴졌다.

'저는 도살장으로 스스로 걸어가는 황소와 다를 바 없습니다. '

어떻게 해야 할까? 기도하며 모든 걱정을 여호와께 맡기고 여호와께서 돌봐주실 거라 믿어야 할까? 베니아민은 『청년에게 묻는다』에서 이런 충고를 읽었다. 왜곡된 성 문제에 관한 내용이었다. 몇 번이나 읽었는지 모른다. 그 챕터는 거의 외울 지경이었다. '여호와께서는 모든 이해를 뛰어넘는 평온함으로 너를 강하게 만드신다. ''너의 마음과 정신을 보호하시며, 잘못된 욕망에서 비롯된 행동을 하지 못하도록 비범한 능력을 너에게 주실 것이다.'

그릇된 욕망. 어떻게 여호와께 기도해야 그 유혹에서 벗어날 수 있을까? 베니아민은 간음이나 변태 같은 죄를 짓지 않게 해달라고 간절히 기도했다. 대신 순결하고 고결하게 살고 싶다고 했다. 회중이나 신의 왕국에서 쫓겨나고 싶지 않았다. 그는 진심으로 여호와의 종으로 살고 싶었다. 하지만 뺀질뺀질한 세속적인 사내가 나타나 그의 정체성을 단박에 간파했다. 그 사내는 순결한 베니아민을 파멸의 길로 몰고 가고 있었다. 지금 말한 대로였다. 베니아민은 들켜버렸다. 신의 말씀과 복음을 전파하는 중에. 상대에게 자신의 성적 정체성을 들켜버렸다. 흠칫 놀라 머리를 들었다. 다른 이들도 자신을 알아보았을까? 베니아민은 서류 가방을 꽉 껴안았다. 가방이 마치 방패 같았다.

'그들이 나를 알아본 걸까? 이렇게 선명하게 보일 줄은 몰랐다.'

'네가 동성연애자라는 거 알지? 그렇지?'

그 남자는 왜 그렇게 쉽게 말했을까? 마치 사소한 것처럼. 그러나 이로써 모든 것이 무너질 수도 있다. 사탄은 나쁜 욕망을 부추기며 사람을 꼬드긴다. 여호와께서는 그것이 해롭기에, 나쁜 행동을 하지 말라고 강권하셨다. 갈라디아서 6장 7~8절 말씀. '스스로 속이지 말라. 하나님은 만홀히 여기지 아니하시나니 사람이 무엇으로 심든지 그대로 거두리라. 자기의 육체를 위하여 심는 자는 육체로부터 썩어질 것을 거두고 성령을 위하여 심는 자는 성령으로부터 영생을 거두리라.'

베니아민은 구원을 바라는 양 두리번거렸다. 이렇게 쉽게 들켰다면, 이렇게 투명하다면, 지금 추락하는 자신을 보는 사람도 있을까? 여호와께서 구해 주실 것이다. 썩어가는 육체를 구원해 주실 것이다.

　바람이 차가운 저녁이었다. 고향 코폼보다 훨씬 더 쌀쌀했다. 라스무스는 모자, 스카프, 장갑도 없이 나섰다. 엷은 바지에 검은 실크 셔츠를 입었다. 셔츠는 끝까지 단추를 잠그지 않아, 희고 가냘픈 가슴선이 드러났다. 그 위에 흰 가죽 재킷을 걸쳤다. 찬 바람이 살을 에는 듯했지만, 그는 일부러 개의치 않는 척했다. 오히려 몸에 힘을 주며, 찬 날씨에 반응하지 않으려 애썼다.

　그는 마리아 광장 역에서 내려 엘리베이터를 타고 스베덴보리스 가탄 방향으로 나왔다. 라스무스는 무심한 척, 태연한 척했다. 손에 담배를 쥔 채, 마치 정확한 목적지가 있는 사람처럼 지하철역을 빠르게 지나쳤다. 인파 사이를 유유히 헤치고 걸었다. 마치 이 모든 것이 아무렇지도 않다는 듯. 이 거리를 잠시만 걸어보면, 바사스탄보다 이곳 사람들이 훨씬 거칠다는 것을 금세 알아차릴 수 있다. 바사스탄은 라스무스가 살고 있는 동네다. 그곳의 건물들은 오래되어 낡았지만, 정돈되어 있다. 하지만 이 거리의 풍경은 다르다. 지하철역 가로등은 두 개나 꺼져 있고 길모퉁이엔 펑크족이 죽치고 앉아 있다. 딱 봐도 위험해 보이는 이들이다. 라스무스는 그들을 힐끗 보는 일조차 삼간 채, 앞만 응시하며 빠르게 걸었다. 자신이 눈에 띄지 않도록, 기척조차 하지 않으려 애썼다.

그는 곧 광장 한가운데의 조각상 앞에 도착했다. 여기가 틀림없이 마리아 광장일 것이다. 왼쪽으로 방향을 틀었다. 그때, 벤치에 앉아 무릎 위에 서류가방을 올려둔 채, 전방을 멍하니 응시하고 있는 청년을 스쳐 지나갔다. 그러나 그는 그 청년을 알아보지 못했다. 지금 라스무스의 머릿속은 설렘으로 가득했다. 그는 오늘, 처음으로 용기를 내어 게이 클럽에 가고 있었다. 그래서 당연히, 그 벤치에 앉아 있는 여리고 외로운 청년이 자신의 인생을 송두리째 바꿔놓을 사람이라는 걸 알아차릴 수 없었다. 무심코 지나쳐버렸다. 누가 알겠는가! 어떤 순간이 인생의 방향을 돌이킬 수 없게 바꿔놓을지. 한 번 일어나면 되돌릴 수 없는 사랑처럼 찾아오는 혹은 전염처럼 퍼지는 그런 사건이 언제, 어디서 일어날지.

사람들은 늘 어딘가로 향한다. 그곳이 아주 중요한 장소라도 된다는 듯, 가야 할 길만 바라보며 걷는다. 오늘 밤, 라스무스도 그렇다. 그는 지금 클럽 '티미'를 향해 걷고 있다.

그 장소는 이모의 남자친구, 그 지긋지긋한 라세가 알려준 곳이다. 상트 파울스가(街). 라스무스는 골목 입구의 표지판을 읽었다. 제대로 찾아온 것 같았다. 두꺼비집 배전함에는 유럽노동자당(EAP)의 포스터가 빛바랜 채 붙어 있었다. 그들은 종종 NK 백화점 앞에서 시위를 벌였다. 라스무스는 포스터 속 올로프 팔메의 흉측한 캐리커처를 보며 생각했다. '아버지가 지지한 당의 당수가 이런 얼굴인 줄 알았다면, 얼마나 실망했을까.' 지금은 우익 정당에 빼앗겼던 정권을 사회당이 되찾은 시절. 모든 것이 제자리로 돌아온 듯하다. 신께 감사를.

하지만 단 몇 분 사이, 라스무스는 길을 잃고 말았다. 길을 찾을 때, 종종 이런 일이 일어난다.

길을 잘못 들거나, 중요한 이정표를 놓쳐버리는 일. 그가 가려던 클럽은 작고 더군다나 숨어 있었다. 라스무스는 그것을 지나쳐버린 것이다. 팀메르만스가에서 호른스가까지, 그는 줄곧 걸었다. 차들은 거리를 가로질러 빠르게 달렸다. 도시는 다시 활기를 띠고 있었다. 라스무스는 걸으면서도 일부러 주위를 두리번거리지 않았다. 무언가를 찾는 사람처럼 보이고 싶지 않았다. 스톡홀름에 처음 왔을 때, 라스무스는 본능적으로 알았다. 길을 잃은 듯 보이지 않는 것이 중요하다는 걸. 그는 마치 공중에 떠 있는 듯, 빠른 걸음으로 걸었다. 곁눈질도 하지 않았다. 오직 앞만 바라보며, 주저하지 않고 내딛었다.

그가 향하는 목적지는 RFSL 근처였다. 작은 진열창을 지나치던 순간, 눈에 띈 책이 있었다. 『거미여인의 키스』. 작가는 아르헨티나 출신의 마누엘 푸익. 그 옆엔 벵트 마르틴이 쓴 『나는 아무것도 후회하지 않는다』, 그리고 잡지 『혁명』의 최신호가 놓여 있었다. 표지에는 웃고 있는 남자의 사진, 그리고 굵은 활자. "남자 중 열의 아홉은 타잔에게 속는다." 책들엔 '람다(Λ)'와 '분홍삼각형' 문양이 찍혀 있었다. 모두 동성애를 상징하는 기호였다. 조명이 밝게 비추는 진열창 앞에서, 라스무스는 한참을 서 있었다. 진열창 옆, 작고 눈에 띄지 않는 문이 하나 있었다. 구릿빛 금속 접시에 새겨진 단

어, 클럽 티미[6]. 그 문패는 아파트 문패보다도 작았다. 라스무스는
본 척도 하지 않았다. 마치 우연히 지나치는 척했다. 그 문은 다른
세상으로 이어지는 입구 같았다. 모든 것이 뒤집힌 세계. 자신과 닮
은 사람들이 있는 곳.

코폼을 떠나, 마침내 안착한 세계. 그 안에서는 누군가가 자신
을 알아보고 안아주고 '어서 와'라고 말해줄 것만 같았다. 라스무
스에게 그들은 동지였다. 인생에서 처음 만나는, 자신과 다르지 않
은 사람들.

심장이 미친 듯이 요동쳤다. 이제 문을 열고 단 한 걸음이면 된
다. 하지만 라스무스는 돌처럼 굳어버렸다. 움직일 수가 없었다. 그
때, 호른스가 쪽에서 누군가가 다가오고 있었다. 라스무스는 고개
를 들었다. 한 청년이 황급히 이쪽으로 걸어오고 있었다. 그의 발
은 땅을 딛지 않은 듯 보였다. 공중을 미끄러지는 듯한 걸음. 시선
은 전방에 고정되어 있었고 곁눈질은 없었다. 라스무스는 그 '공중
부양'이 무엇인지 알고 있었다. 자신도 그렇게 걸었으니까. 그의 표
정, 비어 있는 눈빛, 입술에 맴도는 불안, 모두 낯설지 않았다. 라
스무스는 그에게 말을 걸고 싶었다. 그를 지금 붙잡고 그의 얼굴에
스치는 감정을 함께 나누고 싶었다. 나와 같은 사람. 너와 나는 한
묶음. 하지만 그 청년은 단 한 번의 눈길도 없이, 곧장 문을 열고 사
라졌다. 클럽 티미.

---

6   1972년 3월, 크레첸과 디아나는 협력하여 티머만스가탄 24번지에 클럽 티미(Club Tim-
my)를 열었다. 이 클럽은 곧 RFSL 스톡홀름의 대명사가 되었다.

라스무스와 그 문 사이의 거리는 불과 몇 걸음. 지금 따라가면 된다. 진열창에서 몸을 떼고 두어 발자국만 내디디면, 닫히기 전 문 안으로 들어갈 수 있다. 하지만 그는 움직일 수 없었다. 만약 따라간다면, 그 청년이 자기의 불안을 눈치챌까 봐, 두려웠다. 그것은 견딜 수 없었다.

문이 닫혔다. 기척도 없이, 철컥, 전보다 더 완강히.

라스무스는 자신에게 무슨 일이 일어났는지 알지 못했다. 오직 하나, 도망쳐야 한다는 본능만이, 그를 움직이게 했다. 그는 전력으로 달렸다. 벗어나야 했다. 벗어나야만 했다. 이 낯선 도시, 정체불명의 공간, 그 속에 스며든 자신. 정치 포스터가 덕지덕지 붙은 배전함까지 달려와서야 멈췄다. 바로 그곳, 지하철에서 나와 처음 도착했던 거리. 상트 파울스가(街)였다.

라스무스는 자신이 싫었다. 이런 상황은 견딜 수 없을 만큼 고통스러웠다. 내면 어딘가에서 무언가가 부서지는 소리가 났다. 보이지 않지만 분명한 균열, 곧 파열음을 낼 듯한, 한계. 거기서 돌아서야 했다. 그 자리로 다시 가야 했다. 어떤 어려움이 있더라도, 천천히, 팀메르만스가의 그 클럽으로 다시. 라스무스는 도로를 건너 인도에 멈춰 섰다. 그리고 천천히 고개를 돌려, 자신이 방금 지나온 길을 바라보았다. 그나마 안전한 거리였다. 클럽으로부터 불과 몇 미터 떨어진 이 지점. 마치 전선 바로 뒤 참호처럼, 아직 포기하지 않은 자리. 그는 큰 창문을 바라보았다. 창은 마치 강림절 달력의 격자 같았고 그 너머로 숫자 '24'가 크게 쓰여 있었다. 그 안이 보였다. 밝은 조명 아래, 바 카운터 앞에 서 있는 몇몇 남자들. 그들은 거기 있었다. 게이들. 자신과 같은 존재들. 라스무스와 다르지 않은 사람들. 단지 10미터 거리. 단지 얇은 유리 하나. 그게 전부였다. 하지만 그 얇은 선을 그는 넘을 수 없는 벽으로 생각했다. 라스무스는 창을 향한 부러운 시선을 거둘 수 없었다. 손끝으로라도 닿고 싶었지만, 몸은 얼어붙었다. 오래전 운동장에서처럼 악동들이 그의 셔츠 안에 눈을 밀어 넣어 차디찬 눈덩이가 어깨와 가슴을 때릴 때처럼, 그는 지금도 그렇게 얼어붙었다. '곧 포기하겠지. 곧 돌아가겠지.'

이 거리에서 발을 돌리면, 끝이다. 도대체 무엇이 이리도 어려운가? 왜, 단지 열 걸음을 내딛는 일이 이토록 힘겨운가? 만약 이대로 돌아선다면 에릭과 그의 일당들이, 그에게 뭐라고 할지는 불 보듯 뻔했다. 비웃고 조롱할 것이다. 그가 끝내 아무것도 하지 못한 채 돌아왔다고. 입으로만 떠들던 그가 결국… 아무것도 해내지 못했다고.

가족의 저녁 식사가 끝난 뒤에야 베니아민은 집으로 돌아왔다. 식탁 위에는 감자와 햄, 삶은 시금치가 가지런히 놓여 있었고 시금치 접시는 랩으로 단정히 감싸져 있었다. 그는 말없이 자리에 앉아, 찬 음식을 입에 넣었다. 어머니가 다가와 음식을 데워줄까 물었지만, 베니아민은 조용히 고개를 저었다. 표정은 무거웠고 눈빛은 가라앉았다. 잠시 뒤, 아버지가 부엌으로 들어와 낮은 목소리로 말했다.

"조금 더 일찍 왔으면 좋았을 텐데."

베니아민은 가볍게 고개를 숙였다.

"죄송해요. 오늘은… 전도가 좀 길었어요."

말을 마치고도 그는 아버지 눈을 훔쳐보았다. 제발, 눈치채지 않기를. 포크를 쥔 손은 자꾸 떨렸고 그것이 들킬까 두려웠다. 그들은 알고 있다. 여호와의 증인 사이에서 전도 시간은 곧 신앙의 무게이자, 위치를 결정짓는 척도라는 것을. 전도 시간은 곧 숫자가 되어, 도시의 본부로, 미국 뉴욕의 브루클린으로 보내진다. 그리하여 해마다 만들어지는 연말 보고서에 남는다. 그것은 신앙의 지표이자 경쟁의 기록이다. 한 사람의 한 시간이, 전 세계에서 70억 시간으로 모이는 그 체계 속에서, 베니아민의 오늘은 너무 조용했다.

가족은 함께 식사해야 한다. 이유 없는 불참은 용납되지 않는다. 아버지, 잉마르, 그는 회중의 원로였다. 아들은 아버지의 눈을 정면으로 마주 보며, 오늘 하루를 고백해야 했다. 두 사람은 서로를 바라보며 침묵했고 공기 속에 묘한 긴장이 흘렀다.

"베니아민, 오늘 진도는 이땠이?"

"글쎄요… 저…."

그의 눈이 잠시 흔들렸다. 아버지는 그 흔들림을 놓치지 않고 더 깊이 파고들었다.

"항상 봉사에 최선을 다해야지."

"네, 아빠."

무언의 판단이 끝나고 아버지는 거친 숨을 내쉬며 부엌을 나갔다. 베니아민은 남은 음식을 씹었다. 감자도, 햄도 맛이 느껴지지 않았다. 손이 너무 떨려서, 결국 포크를 내려놓았다. 이 떨림을 들키면 모든 게 끝날 것이다. 그는 테이블 아래로 손을 내려, 자기의 다리를 힘껏 움켜잡았다. 아무 일도 아닌 듯 앉아 있어야 했다. 기다려야 했다. 밖에서는 또 다른 기다림이 있었다. 라스무스는 클럽 티미의 맞은편, 어둠 속에서 얼어붙은 채 서 있었다.

커다란 창문 너머로 가득 찬 불빛은 수족관처럼 보였다. 그 안에는 자신과 같은 게이들이 자유롭게 움직이고 있을 것만 같았다. 그는 마치 유리벽 너머에서 숨을 참고 있는 물고기처럼, 그 안을 바라보았다.

'너무 이른 건 아닐까?'

'왜 들어가지 못하지? 왜 계속 여기 서 있는 걸까?'

'용기가 없는 거야.'

변명을 늘어놓으며, 그는 밤거리의 차가운 공기를 온몸으로 맞았다.

차려입은 옷마저 괜히 싫었다. 이날이 얼마나 특별한 날이었는지 들킬까 봐, 그 자신이 너무 드러날까 봐.

남자 몇이 큰 소리로 웃으며 클럽으로 들어갔다. 마치 아무 일도 아니라는 듯, 쉽게, 가볍게. 라스무스는 그들을 보자 마음이 쓰렸다. 한 남자가 클럽을 나서다 라스무스를 향해 멈춰 섰다. 잠시, 그들의 눈길이 맞닿았다. 하지만 그는 아무 말 없이 클럽 안으로 사라졌다.

　라스무는 혼자 남았다. 그토록 원했던 세계는 눈앞에 있다. 그는 자신에게 물었다. 이들 중 누군가와 사랑을 나눌 수 있을까? 이들이 나를 원할까? 열아홉의 라스무스는 아직 남자와 잠자리를 가진 적이 없다. 열여섯, 친구의 손을 무심히 쓰다듬은 기억이 전부였다.

　여호와는 깨어있는 신이다. 사랑이 많지만, 동시에 감시하는 신. 그분은 모든 걸 알고 계신다. 『파수대』와 『깨어라!』, 이 잡지들은 베니아민의 삶을 한 줄 한 줄 지도처럼 그려나갔다. '어떤 영화를 봐야 하는가', '젊은이의 위로', '모발 관리법'등 이 모든 질문과 답은 브루클린에서 번역해 그 세계로 배달된다. 그리고 그는 배웠다. 사랑은 통제다. 비밀은 사탄의 틈이다. 모든 것을 부모와 나눠야 한다. 기도조차도.

　열한 시가 되자, 라스무스는 문을 열었다. 갑자기 결정했다. 코끝이 빨개지고 콧물이 흘렀다. 그는 소매로 닦고 안으로 들어갔다. 안은 조용했다. 큰 창과 밝은 조명, 그리고 듬성듬성 앉아 있는 남자들. 지하에서 들려오는 음악 소리를 따라, 그는 나선형 계단을 내려다보았다. 회원 카드가 필요했다. 플란넬 셔츠를 입은 중년 남자가 콧소리로 설명했다. 라스무스는 당황했다. 그저, 함께 있고 싶었을 뿐이다.
　회원 가입 양식을 작성하고 주소를 기입하고 잡지를 수령하는 체크 박스를 마주한 그는 말했다.

"이모랑 같이 살아서, 좀 조심해야 해요…."

말하면서 얼굴이 화끈 달아올랐다. 갈색 봉투, 반송 주소 없는 우편물. 그가 서명을 하자, 이제 라스무스는 게이 세상에 조용히 발을 들였다. 입장료는 150크로나. 그는 '비싸네요'라고 중얼거렸지만, 사실 아니었다. 용돈의 10%, 그날 받은 50크로나를 더하면 얼마 되지 않는 금액이었다. 남자는 반응하지 않았다. 돈을 받고 관심을 거뒀다. 라스무스는 '고맙습니다'라고 말했다. 그는 클럽 안을 조심스레 지나쳤다. 누군가의 곁에 앉았지만, 아무도 그를 보지 않았다. 그는 이제 이곳에 있다. 그러나 그다음이 무엇인지는 아무도 알려주지 않았다.

바로 구석, 조명이 미처 닿지 않는 자리에는 약간 살집이 있고 연배가 있어 보이는 신사가 앉아 있었다. 셔츠 위에 정장을 단정히 갖춰 입은 그는 커다란 맥주잔을 두 손으로 감싸 쥐고 있었다. 어딘가 소심해 보였고 그 모습은 마치 고향 코폼의 펜테코스탈 교회에서 예배드리던 노신사를 떠올리게 했다. 그는 조심스럽지만 따뜻한 목소리로 라스무스에게 인사를 건넸다. 라스무스가 잠시 망설이자, 신사는 한층 더 다정하게 말했다.

"이리 와."

그 한마디에, 라스무스는 마음 한켠이 흔들렸다. 무시할 수도, 받아들일 수도 없는 상황 속에서 그는 잠시 숨을 골랐다. 이곳은 클럽이고 이 남자 역시 같은 이유로 여기 있는 게 아닐까. 이 낯선 공간에서 먼저 손을 내민 유일한 사람이 있다면, 바로 이 노신사였다. 결국 라스무스는 가까운 자리에 앉아 맥주잔을 천천히 기울였다. 손끝은 떨렸고 시선은 흩어졌다. 앞만 바라보다 작게 헛기침을 했다. 그 순간, 노신사가 바짝 다가왔다. 눈길이 부딪히자 둘은 다시금 짧은 인사를 나누었다. 노신사는 부드럽게, 마치 오래된 지인의 얼굴을 보는 듯한 미소를 지었다. 하지만 라스무스의 마음은 한없이 무거웠다. 이래선 안 된다고 속으로 되뇌었다. 그러다 갑자기, 신사의 손이 조용히 움직였다. 말없이, 시선도 주지 않은 채 그의 손이 라스무스의 허벅지에 닿았다. 아주 가까운 곳이었다. 깜짝 놀라서 신사를 쳐다보았다. 그는 아무렇지 않게, 점잖은 미소로 라스무스를 흘끗 바라보았다. 라스무스는 숨이 막히는 듯했다. 자신을 다잡기 위해 눈을 꼬집었다. 그 손은 여전히 따뜻했다. 컵을 잡던 손에서 전해지던 온기였다. 무심한 척 했다. 의도가 서린 온기였다. 라스무스는 뿌리치지 못했다. 마치 그 손에 묶인 것처럼. 울고 싶었다. 이런 식으로 하고 싶지 않았다. 머릿속에 오래전 기억이 떠올랐다. 체육 수업이 끝난 라커룸, 눈부신 햇살 아래에서 보았던 헨리크. 가까이에서 마주했던 살갗, 부드럽게 흘러내린 머리카락, 매끄럽던 등과 배. 라스무스는 눈을 감았다. 그 순간, 헨리크의 손길이 환영처럼 다가왔다.

헨리크는 따뜻한 사람이었다. 갈색 눈동자엔 조용한 온기가 있었고 라스무스는 언제나 그런 눈빛과 손길을 갈망해왔다. 하지만 지금, 그는 전혀 다른 손길 아래 있었다. 너무도 현실적인 온도였다.

차림은 단정했지만, 노신사는 아무 말 없이 라스무스의 성기를 움켜잡았다. 마치 과일이 익었는지 확인하는 손처럼.

라스무스는 아무것도 하지 않았다. 단지, 그 손을 내버려 두었다. 노신사는 여전히 상냥하게 웃고 있었다. 부드러운 미소였다. 그러더니, 바지 속으로 손을 밀어 넣었고 라스무스는 그 순간 모든 기운이 빠져나가는 듯했다. 모든 것을 놓아버린 마음이었다. 바로 그때, 문이 열리며 남자 둘이 맥주잔을 들고 방 안으로 들어왔다. 노신사는 급히 손을 거두며 태연하게 굴었고 라스무스는 마비가 풀린 듯 자리에서 벌떡 일어나 방을 빠져나왔다. 뒤돌아본 순간, 노신사는 여전히 그 자리에 앉아 있었다. 라스무스를 향해 가볍게 인사를 건넸다. 미소를 지으며, 천천히 윙크했다. 그 눈짓은 다정했고 어딘가 슬퍼 보이기도 했다.

라스무스는 나선형 계단을 내려갔다. 지하실은 돌 바닥과 콘크리트 벽으로 이루어진 디스코텍이었다. 라이트가 어지럽게 반짝였고 DJ 부스는 텅 비어 있었다. 그 틈을 타, 셜리 바세이의 노래(This Is My Life)가 슬픈 울림으로 흘러나왔다.

무대처럼 보이는 한켠에, 젊은 남자가 서 있었다. 초저녁, 라스무스를 스치듯 지나친 남자였다. 그는 라스무스를 못 본 척했다. 그도 잘 차려입고 있었다. 둘은 어둡고 침잠한 이 지하실에서 묘하게 돋보였다. 음악이 흐른다. 그리고 생각했다. 이들의 삶은 이 음악보다 더 아름다워야만 한다. 라스무스는 노래 가사를 따라 입을 움직였다. 여기가 아닌 다른 세상, 다른 도시에 있는 듯한 표정이었다. 소리는 나오지 않았지만, 그는 무대에 선 듯 행동했다. 아마 그는 지금, 셜리 바세이이다. 강인하고 고통을 품은 채 아름다움을 잃지 않았던 흑인 여가수. 그 존재를 품은 듯, 립스틱 바른 입술로 그는 속삭인다. 이 지하실 바닥에서, 아무도 듣지 않는 무대를 향해 자신이 누구인지 조용히 외치고 있다.

Funny how I often seem to think

I'll never find another dream

In my life

Till I look around and see

this great big world is part of me

And my life...

셸리 바세이의 목소리가 텅 빈 지하실 벽에 부딪혀 울려 퍼지고 있다. 이곳은 몇 해 전만 하더라도 우유를 보관하던 창고였다. 스톡홀름, 1982년 어둡고 쌀쌀한 어느 가을날이었다. 스웨덴 수도에서 자유라는 연약한 싹이 막 틔우려 하고 있었다.

세계 곳곳에 흩어진 여호와의 증인 가족들처럼, 베니아민의 가족도 매주 한 번, '영적인 저녁'을 가졌다. 그것은 단순한 기도나 찬송

의 시간이 아니라, 가족 전체가 삶의 갈림길 앞에서 방향을 다시 확인하는 일종의 의식과도 같았다. 매번 주제는 같았다. 여호와의 뜻, 그리고 그 뜻 안에서 각자가 겪는 시련과 고민이 조심스럽게 꺼냈다. 담배를 권하는 친구를 어떻게 거절할 것인지, 성탄절을 축하하지 않는 이유를 친구에게 어떻게 설명할 것인지, 학교에서 조롱당할 때 어떻게 믿음을 지킬 것인지 그런 이야기가 주제였다.

아이들은 말 뿐만 아니라, 표정과 침묵, 몸짓으로도 배워야 했다. 때로는 세속의 사소한 친절조차 믿음에 있어 덫이 될 수 있었다. 겉보기엔 선한 것들이, 여호와의 자녀에겐 독이 될 수 있다는 것이 가족의 믿음이었다. 이를테면 마르가레타가 학교 스포츠 동아리에 가입하고 싶어 했던 일도, 결국 허락되지 않았다. '나쁜 친구'에게 물들 수 있다는 이유였다.

이 '영적인 시간'은 언제나 금요일 저녁에 열렸다. 베니아민은 저녁 식사를 준비하고 어머니 브리타는 커피를 내왔다. 부엌에서 잉마르와 마르가레타를 부르며 집 안은 조용해졌다. 거실에는 차분한 정적이 감돌고 식탁 위에는 성경이 펼쳐져 있었다. 내일 왕국 회관에서 다룰 구절을 함께 읽은 뒤, 아버지 잉마르가 아이들에게 물었다.

"무슨 이야기 나누고 싶은 거 없니?"

그 순간, 베니아민은 느꼈다. 지금이 바로 말해야 할 시간이라는 것을. 자기 안에 어떤 위험한 생각이 자라나고 있는지, 어떤 욕망이 육체를 끌고 있는지, 그것들을 고백하고 기도와 구원이 필요하다고 말해야 할 순간임을 그는 알고 있었다. 하지만 입술은 열리지 않았다. 시선은 성경 구절 위에 머물렀고 그는 침묵을 택했다.

그는 그 자신이기도 했지만, 동시에 이 가문의 자랑이었고 전파자였다. 그 무게 아래서, 진심은 입 밖으로 나올 수 없었다. 너무 깊고 무거웠다. 아버지의 눈빛이 조용히, 그러나 또렷하게 그를 바라보고 있었지만, 베니아민은 그 시선을 피하지도, 받아들이지도 않았다. 그 틈을 어머니 브리타가 부드럽게 채워 넣었다.

"마르가레타, 네 머리 모양 말인데…."

며칠 전, 마르가레타는 앞머리를 금발로 염색했다. 브리타는 그것이 적절한 머리 모양인지 의아하다고 조심스레 말했다. 그 말은 걱정과 질책 사이 어딘가에 걸쳐 있었다. 마르가레타의 얼굴이 붉어졌고 당황한 그녀는 더듬거리며 대답했다.

"예… 예, 예…."

브리타는 말을 끊었다.

"적절한지 아닌지는 네가 결정해야지. 여호와와의 관계 속에서."

자유의지를 말하는 듯했지만, 그 자유는 이미 방향이 정해진 길 위에 놓여 있었다. '올바르게 생각할 자유.' 단 하나의 정답을 향해 나아가는 자유였다. 아버지가 어머니의 말에 덧붙였다.

"하지만, 동료 자매들을 흔들리게 해서는 안 돼. 마르가레타, 생각해 보렴. 그 부분에 대해서."

그 말로 논의는 사실상 끝났다. 이 집에서 '생각해 보렴'은 곧 명령이었다. 마르가레타는 어깨를 움츠리고 고개를 끄덕이며 작은 목소리로 말했다.

"죄송해요….."

어머니는 딸의 어깨에 팔을 얹었다. 손으로 어깨를 눌렀다.

"괜찮아, 애야. 네가 여호와의 길이 무엇인지 알기만 한다면…"

그녀의 손길은 사랑이었지만, 동시에 굴레이기도 했다. 어머니는 다시 한번 딸의 앞머리를 바라보며 작게 고개를 저었다.

"부모로서 아이들을 바른 길로 인도할 책임이 있단다. 그걸 네가 알아야 해."

그 손은 여전히 어깨 위에 놓여 있었고, 점점 더 무거워졌다. 마르가레타는 고개를 끄덕였지만, 그 눈빛 속에는 낙심이 어른거렸다.

이튿날, 마르가레타는 어머니와 함께 염색한 앞머리를 잘랐다. 아무 말도 하지 않은 채, 묵묵히. 머리카락이 바닥으로 떨어질 때마다, 그녀는 자신이 조금씩 지워지는 것 같다고 느꼈다. 앞머리는 그녀의 선택이었지만, 그 선택은 여호와의 뜻에 어긋났다고 했다. 자유의지가 신의 뜻과 충돌할 때, 선택은 이미 정해져 있었다.

천정의 미러볼이 회전하며 부서진 빛의 조각들을 바닥 위에 흩뿌린다. 춤추는 젊은 남자의 몸짓이 그 빛을 따라 흔들리고 리듬 속에서 그림자들은 조용히 피어났다 다시 사라진다. 그 장면을 바라보는 라스무스의 가슴 깊은 곳에서, 오래전 기억들이 불쑥불쑥 고개를 든다.

코폼까지 이어지던 그 길. 운동장 한켠에 아무도 모르게 서 있던 어린 자신. 겨울날, 차가운 유리창에 이마를 기댄 채 바라보던 창밖 풍경. 식탁에 앉아 커피를 마시며 조용히 십자말풀이를 하던 어머니 손길. 마치 무언의 기도처럼, 아무 말 없이 그를 바라보던 부모의 시선.

그리고 고등학교 졸업식 날. 화사한 장식으로 꾸민 트럭에 올라탔을 때의 기억. 흔들리는 나뭇가지로 만든 의자 위에서, 우스꽝스러운 어릿광대의 왕관을 쓰고도 이상하게 당당했던 그 순간. 부끄러움과 설렘이 한 몸이 되어 가슴을 두드리던 그때, 삶은 아직 지워지지 않은 약속처럼 눈부셨다.

지금 클럽 안에서 울려 퍼지는 노래는 셜리 바세이의 목소리다. 어릴 적, 라스무스는 조심스럽게 그 노래를 입술에 얹곤 했다. 세상에는 말할 수 없는 감정이 있었고, 그는 그것을 노래 속에서 몰래 배웠다. 그리고 지금, 또 다른 소년이 무대 위에서 혼자 춤을 추며, 말이 아닌 몸으로 그 노래를 부른다. 그는 조용히, 그러나 분명하게 말하고 있다. 이건 그들만의 언어이며, 그들만의 노래리고.

라스무스는 그 장면에서 깨닫는다. 그 노래는 곧 자기 노래이기도 하다는 것을. 지나간 시간을 껴안고 다가올 삶을 조심스럽게 쓰다듬으며, 그들 모두는 여전히 살아 있다는 것을, 그 몸짓 하나하나가 증명하고 있었다. 세상이 부여하지 못한 이름으로, 지금 이 순간만큼은 진짜 자신이 존재하고 있다는 것을.

바닥에 부서지는 빛처럼, 그의 기억도 삶의 일부로 반짝이고 있었다.

...This is my life

And I don't give a damn for lost emotions

I've got such a lot of love I've got to give

Let me live, let me live ...

전율을 느낀 라스무스는 다시 바 스탠드로 올라섰다. 조금 전보다 사람이 많아졌다. 모두가 서로 알고 있는 것처럼 느껴졌다. 자신만, 이방인처럼. 자정이 가까워오고 있었다. 이곳은 새벽 1시에 문을 닫는다. 시간은 점점 줄어들고 기회도 그만큼 사라지고 있었다. 룸 안을 천천히 둘러보다가, 여전히 혼자 있는 노신사와 눈이 마주쳤다. 그는 조용히 고개를 끄덕이며 맥주잔을 들어 올렸고 손짓으로 라스무스를 불렀다. 라스무스는 잠시 망설였다. 누군가가 자신과 그 노인이 함께 있는 걸 볼까 두려웠다. 그러나 결국, 그 곁에 앉았다. 그에게는 아무도 없었다. 그리고 지금, 라스무스에게도 마찬가지였다. 잠시 후, 노신사의 손이 테이블 아래로 미끄러져 들어왔다. 라스무스는 숨이 막힌 듯 얼굴이 달아올랐고 시선을 테이블 아래로 피했다. 그러나 자신의 몸은 본능처럼 반응하고 있었다. 처음부터 이렇게 하려던 건 아니었다. 이런 결말을 상상한 적은 없었다. 그러나 지금, 라스무스는 거부하지 않았다. 이 순간은 욕망도, 외로

움도, 정체성도 모두 무겁게 겹쳤다. 그는 멍하니 바닥을 울리는 베이스의 저음을 들었다. 그 어떤 가사도 없는 낮고 흐릿한 흥얼거림만이 공간을 채우고 있었다.

This is my life.

30년 전, 스톡홀름은 지금과는 얼굴이 전혀 달랐다. 작고 어둡고 어딘가 시골 마을 같은 분위기의 도시. 그곳은 게이들이 발붙일 곳이 그다지 많지 않았다. 다비드 바가레스 거리의 '에프터 다크', 메드보르가르 광장에서 조금 떨어진 '베니스', 오덴플란 근처의 '보가르트', 플레밍가의 '디비네'. 이들 몇몇 클럽이 전부였다. 한 곳이 문을 열면 다른 곳은 불을 끄곤 했다. 레즈비언들은 더 말할 것도 없었다. 그들이 설 자리는 일 년에 한 번 열리는 '게이 해방 주간' 여성 파티나, 매주 목요일 클럽 티미에서 열리던 '여성의 밤' 정도뿐이었다.

1973년, 마침내 '티미'는 게이와 레즈비언 모두를 위한 공통의 공산으로 문을 열었나. 그전까지는 '디아나'와 '시르글레', 님싱과 여성, 두 세계가 철저히 나뉘어 있었다. 문을 여는 데 30년이 걸렸다. 하지만 그것은 카페 개점만 의미하는 것은 아니었다. 격절에서 연결로, 은폐에서 개방으로, 공간은 서서히 몸을 바꾸었다. 그즈음, RFSL에도 변화의 물결이 있었다. 거리에서, 광장에서, 연단 위에서 여성 해방, 시민권 운동, 블랙 팬서스, 게이 해방 운동까지.

누군가는 마이크를 들었고 누군가는 침묵을 부쉈다. 새로운 세대는 말했다.

"더 이상 숨어 살지 않겠다."

그들은 커튼을 걷자고 했다. 늘 내려져 있던, 외부의 눈을 막으려고 무겁게 드리워져 있던 그 천을, 이제는 걷어야 한다고.

"사람들이 우리를 봐야 해요. 우리가 커피를 마시고 맥주를 마시는 걸. 우리도 그들과 다르지 않다는 걸 보여줘야 해요."

하지만 반대도 있었다. 어느 주민은 이렇게 말했다.

"클럽 근처에 양로원이 있어요. 발코니에서 클럽 내부가 보인다고요. 노인들이 본다면 얼마나 충격이겠어요?"

그때, 젊은 활동가는 나지막하지만 강렬하게 답했다.

"보게 해야 합니다. 우리를 숨긴다고 세상이 바뀌지는 않아요."

이해하려면, 기억해야 한다. 그 시절을 제대로 보려면, 먼저 그 이전을 기억해야 한다. 1944년까지, 스웨덴에서 동성애는 범죄였다. 국가는 사랑을 형벌로 다스렸다. 그리고 겨우 6년 뒤, 1950년 10월 21일, 남성 35명과 여성 1명이 모였다. RFSL 즉 '성적 평등을 위한 스웨덴인의 연합'이 그날 시작되었다. 회의는 조심스럽게 열렸다. 장소는 페테르손의 집 거실. 모두가 가명을 썼고 문은 잠겼으며, 창문엔 커튼이 쳐졌다. 그러나 그들은 서로의 이름 없는 존재를 안아주었다. 불안 속에서도, 그날 그들은 '함께' 있었다. 그 단단한 시작이 있었기에, 훗날 누군가는 커튼을 걷자고 말할 수 있었다.

훗날 누군가는 커피를 들고 창가에 앉을 수 있었다. 훗날 누군가는 더 이상 가명을 쓰지 않아도 되었다.

모두가 모이자, 페테르손은 조용히 다과를 내오고 따뜻한 말로 친구들을 맞았다. 그러나 회의록에는 '동성애'라는 단어조차 남기지 않았다. 이름을 숨겼고 오직 이니셜만을 조심스레 적었다. 그럴 수밖에 없었다. 그들에게 세상은 여전히 위협이었고 말은 흔적이 되었으며, 흔적은 곧 위험이었다. 심지어 국립 보건 위원회의 륄란데르 교수조차 동성애를 '정신 이상'의 일종이라고 말했다. 중독, 전염, 혹은 뇌 손상의 결과라고.

그 말은 기록이 되었고 기록은 또 다른 격리를 불러왔다. 그러니 그들이 가명을 쓰고 커튼을 치고 낯빛을 숨긴 채 서로의 눈을 피했던 것도, 이해할 수밖에 없었다. 하지만 결국, 커튼을 걷었다. 빛이 들어왔다. 클럽 티미는 더 이상 은폐된 공간이 아니었다. 거리 맞은편에서 수많은 이들이 불안과 떨림, 그리고 미처 꺼지지 않은 설렘을 안고 그곳을 바라볼 수 있게 되었다. 라스무스도 그들 중 하나였다.

그가 만난 청년, 파르브로르 에케. 구세군의 성가대원이었고 시력은 나빴지만, 그가 보는 방식은 누구보다 명료했다. 한때 RFSL이 자리했던 그 작은 방은 게이들이 갈 수 있는 거의 유일한 피난처였다. 금요일과 토요일이면, 공간은 숨조차 쉬기 힘들 만큼 빽빽해졌고 회원 수는 조용히, 그러나 확실히 늘어났다. 밤의 언어들 더 어두운 장소들도 있었다. 스킨나르빅, 훔레, 크로노베르그, 롱섬, 프레스크카티, 밤에 공원에선 입을 다물었고 사람들은 말 대신 시선을, 시선 대신 몸을 내밀었다. 말 없이 스쳐 지나가는 순간의 만남. 이름도, 예고도 없이 곧바로 열리고 마는 생의 문턱. 끝나면 남는 건 죄책감과 눈물, 그리고 혼잣말이었다.

"다시는 다시는….”

보다 안전해 보이는 곳을 찾는 이들은 식툰나 거리의 비킹 사우나로 향했다. 커피가 있고 사우나실과 어두운 방, 작은 문, 그리고 잠글 수 있는 고요한 공간. 윤활제와 비닐 침대, 무언가를 묻지 않고 대답하지 않아도 되는 곳. 그러나 그곳조차도 들어갈 수 없는 이들이 있었다.

그들에게 남겨진 마지막 장소는 화장실이었다. 지하철역 구석, 악취가 스며든 흰 타일의 공간.

누군가는 그곳에서 하루를 버텼고 누군가는 두려움과 충동 사이를 오갔다. 벤치 위에서, 기도했던 그날, 베니아민도 거기에 있었다. 중앙역의 벤치에 앉아, 손엔 오렌지 주스. 심장은 터질 듯 뛰었고 눈은 자꾸만 지하 화장실 입구를 훔쳐보았다. 그는 그저 앉아 있었다.

누군가를 기다리는 사람처럼, 마치 아무 일도 일어나지 않기를 바라면서, 혹은 누군가 다가오기를 바라면서. 전광판 앞에 서서 행선지를 읽는 척했다. 그러나 그가 정말 알고 싶었던 건 '어디로 가야 하는가'가 아니라 '나는 왜 여기 있는가'였다. 그가 속이려 한 건 여호와였을까? 아니면… 자기 자신이었을까. 시간이 흘렀고 결국 그는 진짜로 소변이 마려워졌다. 용기란 그런 식으로 시작되곤 한다. 아주 사소하고 아무렇지 않은 척할 수 있는 일로부터.

그는 천천히 자리에서 일어났다. 걸음을 떼며 아무 일도 아닌 것처럼, 습관처럼 문을 밀었다. 눅눅한 공기, 축축한 벽, 익숙하지 않은 침묵. 그리고 그 안에, 두 남자가 있었다. 한쪽엔 전혀 매력 없는 중년 남자, 다른 쪽엔 눈빛이 흐린 노인이 있었다. 늙은 눈이 그를 사냥하듯 노려보았다. 진한 암모니아 냄새, 축축한 바닥, 가랑이 사이를 향한 손들. 그리고 그 중심에, 놀란 채 서 있는 한 젊은 남자.

베니아민. 여호와의 증인. 그는 겁이 났다. 어쩌면 그들은 자신을 공격할 수도 있다는 공포,

자신은 단지 생리적 필요를 해결하러 왔을 뿐이라는 자기 위안. 그는 떨리는 손으로 금속 발판 위에 발을 올리고 개버딘 바지를 입은 뚱뚱한 남자와 청재킷을 입은 마른 청년 사이에 섰다. 지퍼를 내리며, 조심스럽게 좌우를 훔쳐보았다. 뚱뚱한 사내는 무심하게 물방울을 털고 있었고 마른 청년은 왼손으로 성기를 가리면서도, 눈빛은 분명히 베니아민을 향해 있었다.

그는 윙크했다. 그리고 엄지와 검지로 성기 뿌리를 쥐며, 천천히 꺼내 보였다. 처음엔 조심스럽더니, 곧 대담해졌다. 또 다른 사내가 다가왔다. 자석에 이끌리듯, 그는 그 자리에 붙들렸다.

늙은이는 어깨너머로 내려다보았고 다른 늙은이는 베니아민을 향해 빠르게 자위하기 시작했다. 이제, 놀이는 시작되었다. 청재킷의 사내는 패를 꺼내 보여주었다. 베니아민의 차례였다.

그 사내의 성기는 놀랄 만큼 컸고 어딘가 모르게 세련된 아름다움도 있었다. 베니아민은 뭔가 대처해야 했다. 얼굴은 압박으로 붉어졌고 정면의 알루미늄 벽을 뚫어지게 바라보며 마음속으로 그를 '변태'라 부르며 거리를 두려고 했다. 그리고 눈을 감았다. 자신이 계속 소변을 본다면, 그들과는 다르다는 걸 증명할 수 있을 것 같았다. 누구에게? 그들? 자신? 신? 아무도 알 수 없었다. 하지만 그렇게라도 해야 무너지지 않을 것 같았다.

심장은 쿵쾅거렸다. 눈을 감은 채, 그는 소변을 보았다. 청재킷의 사내는 여전히 그를 바라보며, 자기 몸을 선물처럼 펼쳐 보이고 있었다. '그들에게 증명해야 한다. 그들과 내가 다르다는 것을, 이 모든 행위의 외부에 내가 서 있다는 것을.'

볼일을 마친 그는 조심스럽게 성기를 정리하고 바지를 올리고 아무 일도 없었던 듯 화장실을 나가려 했다. 그러나 몸은 아직 움직이지 않았다. 롯의 아내처럼, 그는 돌아보지 않을 수 없었다. 화장실 한구석, 자위를 하던 늙은이가 그를 바라보고 있었고 그와 눈이 마주친 순간, 늙은이는 서둘러 눈을 감았다. 베니아민도 눈을 감았다. 그리고 그 순간, 문득 생각했다. '저 늙은이가 나일까? 미래의 내 모습일까? 저런 삶이 나를 기다리고 있는 걸까?'

30년 전의 스톡홀름은 작고 어두운, 시골 같은 도시였다. 그 시절, 게이로 산다는 것은… 중앙역 소변기 앞에서 침묵하는 그 남자들의 표정을 거울처럼 바라보는 일이었다. 그들과는 달라지고 싶었다. 그러나 그가 이미 그들과 너무나 닮았다는 사실도 어렴풋이 알고 있었다.

스톡홀름의 동성애자들이 모이는 공간들은 대체로 남성들의 몫이었다. 게이와 레즈비언이 맞닥뜨린 현실은 크게 달랐다. RFSL를 처음 결성할 때, 그 자리에 남성은 서른다섯이었지만, 여성은 단 하나였다. 사회는 전통적으로 여성을 가정과 가족, 집안일 등 사적인 세계에 머물게 했다. 반면, 공적 공간은 언제나 남성이 차지했다. 공적 공간은 운동장처럼 순간순간 머무르는 곳이었다.

이렇게 서로 다른 제약 속에서, 게이와 레즈비언은 각자 자신의 성적 정체성을 펼칠 수도, 혹은 감추어야만 했다. 여성은 오랜 시간 함께 살고 여행하며 깊은 관계를 이어가더라도 그들의 사랑이 사회적 문제로 비화하는 일은 드물었다. 두 미혼 여성이 뜨거운 사랑을 나눈다는 상상조차도 사람들의 머릿속에 없었다. 셀마 라게르로프가 한때 '사랑을 한 번도 경험하지 못한 가난한 노처녀'로 오해받았던 사실을 떠올려보라. 그러나 그녀는 두 가지 사랑의 방식으로 삶을 살아냈다. 소피에 엘칸과 발보리 올란데르와의 복잡하고 때로는 이중적인 관계 속에서, 육체적 표현도 결코 부족하지 않았다. 소피에에게 보낸 셀미의 편지 한 구절, '우리는 불같이 사랑을 나눌 거예요'는 그 뜨거운 감정을 고스란히 전한다.

그녀와 같은 여성들은 자신을 '레즈비언'이나 '동성애자'로 정의하지 않았을지도 모른다. 그리고 아마 그것이 더 바람직했을 수도 있다. 사적인 공간에서 은밀히 사랑을 나누는 한, 그 관계는 외부의 침해 없이 온전할 수 있었다. 성적 정체성은 드러내지 않는 침묵 속에 묻혀야 했고 그 침묵을 지켜낼 수 있는 공간이 절실히 필요했다.

한편, 남성들은 공공장소를 무대로 삼았다. 특히 밤이면 도시를 자유롭게 누빌 수 있었던 남성 동성애자들은 생존에 있어 더 유리한 위치에 있었다. 공원이나 목욕탕 같은 공간에서 잠시 만났다가 헤어졌고 상대를 무작위로 골랐으며 때로는 이름조차 묻지 않았다. 이런 만남의 특성 덕분에 남성 동성애자들은 자신을 굳이 정의하지 않아도, 성적 욕망을 해결할 수 있었다.

하지만 레즈비언의 삶은 전혀 달랐다. 그들은 성적 정체성을 드러내지 않고 숨겨야 관계를 유지할 수 있었다. 심리학자 마르가레타 린드홀름과 젠더 연구사 아르네 닐손은 『공간, 삶, 정체성』에서 이렇게 말했다.

"남성과 여성 모두에게 피난처가 있을 것이라는 막연한 믿음 탓에, '공간' 문제는 깊이 부각되지 않았다. 동성애를 숨기고 침묵하는 것은 억압의 산물이며, 그 결과 동성애자들은 정체성이 같은 이를 쉽게 만날 수 없었기에, 많은 이들이 고통 속에 살아야 했다. 다만 나이 든 여성과 남성은 침묵과 은거 덕분에 원하는 관계와 행위를 위한 은밀한 공간을 마련할 수 있었다. 이런 측면에서 보면, 침묵은 완전한 억압만은 아니었다. 1970년대가 되어 '커밍아웃'이 활발해지면서, 침묵과 은거를 다시 설명해야 했다."

1960년대에 '게이 클럽'이 처음 문을 열었을 때, 그것은 다른 동성애자와 친해지고 싶은 요구에 부응한 결과였다. 세상의 냉혹한 시선과 손가락질에도 아랑곳하지 않고 같은 동성애자와 함께 춤추고 키스하며 잠시나마 평범한 사람처럼 살고 싶어 했다.

'게이 클럽'은 쾌락이나 방탕을 위한 공간이 아니었다. 그곳에서 커피와 맥주를 마시고 수다를 떨고 춤을 추었다. 그 차이뿐이었다. 게이와 당신 사이에 어떤 차이가 있을까? 타인의 시선에 노출되는 위험이 있더라도, 그 클럽 덕분에 게이는 자기 정체성을 찾아갈 수 있었다. 정체성이 같은 사람들만으로 이루어진 공간은 그들이 보통 사람들과 다르지 않다는 것을 보여주는 작은 무대가 되었다. 위험했지만 매우 중요한 공간이었다. 남녀가 서로 사랑하며 일상을 즐기듯, 게이들도 가끔은 그런 평범함을 누릴 권리가 있었다.

게이 클럽이 등장하면서 비로소 게이들은 한 장소, 한 공간에서 공개적으로 함께 있을 수 있었다. 공중목욕탕은 남성들을 위한, 단지 몸을 씻는 공간일 뿐이었다. 그곳에서 남성은 자기 정체성을 굳이 밝히지 않고도, 우연히 만난 이와 육체적 관계를 맺었다. 그러나 게이 클럽에서는 다르다. 그곳에서는 성적 지향을 드러내야 했다. 이것은 전례 없는 일이었고 나이 든 게이와 레즈비언에게는 위협과 불쾌함으로 다가올 수도 있었다. 그들은 평생 침묵하며 살아왔으니까!

'커튼을 내릴까, 올릴까'라는 문제를 두고 RFSL 내에서는 나이 든 세대와 젊은 세대가 갈라져 지루한 설전을 벌였다. 공간을 제한해야만 평범함을 얻을 수 있다는 입장과 환경을 제한하지 않고 모든 커튼을 걷어내어 게이와 레즈비언이 평범한 이들과 같은 일상을 누려야 한다는 주장이 충돌했다. 그 결과가 어떨지 누구도 예단

할 수 없으므로, 신의 도움이 간절히 필요했다.

금요일 가족 모임이 끝나자, 베니아민은 줄무늬 데님 재킷에 인도에서 산 스카프를 두르고 거실에서 머리를 빗었다. 그가 생각하는 가장 '평범한' 차림이었다. 아버지와 어머니가 TV를 보고 있는데, 베니아민은 목청을 가다듬으며 평소처럼 말했다.

"잠깐, 나갔다 올게요."

잉마르는 내키지 않는 듯 중얼거렸다.

"어디 가려고?"

"저녁 산책이에요. 신선한 공기가 필요해요."

부모님은 아들이 가끔 저녁 산책을 한다는 것을 잘 알고 있어, 말리지 않았다. 베니아민은 자신이 원하는 삶을 살 권리가 있음을 알았다. 저녁 산책을 한다고 해서 그가 기독교인이 아니라고 할 수도 없었다. 물론 부모로서 자식을 인도할 책임은 있었지만, 산책은 양심의 문제도 아니어서 간섭할 수 없었다. 옳고 그름의 판단은 오롯이 베니아민의 몫이었다. 그것은 그가 신과 맺는 사적 관계의 문제였다.

그러나 스톡홀름 같은 대도시에서 특히 밤에는 유혹이 넘쳐났다. 베니아민은 그 모든 것을 잘 알았다. 부모님은 그저 조심하라는 충고를 덧붙였다. 아버지는 스카프가 어울리지 않는다고 했고 어머니는 밖이 춥다고 했다. 베니아민은 어머니 말에 고개를 끄덕였다.

"그럼, 좋은 밤 보내세요. 주무시기 전에 돌아올게요."

그의 목소리에는 담담한 결의가 담겨 있었다. 그는 서둘러 현관 문을 빠져나와 어둠 속 계단을 조심스레 내려갔다. 마음 한켠에선 수치심이 무겁게 내려앉아, 마치 땅바닥으로 곤두박질칠 듯했다.

'이번이 마지막이다, 마지막.'

베니아민은 조용히 다짐했다. 이번만큼은 다시는 이 길을 걷지 않으리라. 그가 발걸음을 옮긴 그곳, 공원과 중앙역 화장실, 그리고 클라라 노라 쉬르코가타. 사람들은 이 거리를 '클라라 포라'라 불렀다. 포르노가 가득한 그 거리 말이다. 유럽의 어느 도시에서나 찾아볼 수 있는 중앙역 근처에 자리한 이 거리에는 포르노숍과 섹스 클럽, 매음굴들이 빽빽이 들어서 있었다.

함부르크의 레페르바흐, 코펜하겐의 이스테드가데, 그리고 스톡홀름의 클라라 포라. 그곳은 한때 잡지가 넘쳐났다. 비디오가 등장하기 전, 선반 위엔 헤테로, 호모, 수간(獸姦), S&M, 더티풀, 임신부, 난쟁이, 성불구자, 아동물까지 온갖 종류의 잡지가 빼곡했다.

거리 깊숙이 들어서면, 좁은 유리벽으로 나뉜 스트리퍼 부스들이 있었다. 화장실 휴지를 손에 든 채 등받이 없는 걸상에 앉은 여성과, 농염한 포즈를 취한 다른 여성이 마주했다. 좁은 공간 탓에 다리를 들어 비켜주지 않으면 지나갈 수도 없었다. 하지만 비디오 가게가 생기면서 스트리퍼들의 자리는 점차 사라졌다. 사람들은 가게 안에서 비디오를 골라 작은 모니터로 감상했고 걸상과 휴지는 여전히 그 자리에 남아 있었다.

다음 블록, 브뤼가르가와 메스테르, 사무엘스가 사이에는 그런 가게가 없었다. 대신 중앙 우체국이 웅장하게 서 있었고 그 맞은편엔 새 건물이 들어서고 있었다. 이 블록에서 게이들은 조용히 배회했다. 때때로 매음하는 남자들도 그곳에 나타났다. 그들은 게이일 때도, 아닐 때도 있었다. 가격은 대개 문제가 되지 않았다.

혼자 운전하는 차들이 슬금슬금 거리를 돌았다. 운전자는 무언가를 찾아 헤매는 듯 유심히 주변을 살폈다. 몇 번이나 블록을 돌며, 가끔은 멈춰 창문을 내리고 서성이는 남자에게 말을 건넸다. 서로 마음을 탐색했고 좋아하는 것과 갈 곳, 때로는 얼마를 주어야 할지 묻고 답했다. 차창에 기대어 서로를 살피고 때로는 자위나 빨기, 핥기, 섹스 등 원하는 대로 몸을 섞었다. 공원과 화장실, 클라라 노라. 그곳에서 그들은 그렇게 존재했다.

저녁 산책을 할 때면 베니아민은 늘 같은 길을 걸었다. 시청에서 시작해 뵈그링엔, 중앙역 화장실, 클라라 노라, 훔레 공원, 그리고 외스테르말름스토리 역까지 이어진다. 그는 혼자가 아니었다. 밤길을 걷는 수많은 이들 중 한 사람이었다. 그들 모두는 잠들지 못했고 평화를 구하지 못하는 영혼들이었다. 발걸음마다 그의 심장은 요동쳤다. 누군가 지켜보고 있다는 느낌과, 이루지 못한 갈망으로 인해. 하지만 그는 아무것도 하지 않았다. 그저 걸었다. 걸었을 뿐이었다. 베니아민은 가로등 아래 벤치에 앉아, 풀숲을 헤집는 외로운 남자들을 지켜보았다. 뒹굴고 몸을 섞고 있었다. 그는 단지 구경꾼일 뿐, 참여하지 않았다. 클라라 노라의 인도 위에서, 베니아민은 어떤 욕망도 품지 않은 채 서 있었다. 한 남자가 다른 남자, 혹은 소년을 차에 태우고 사라졌다. 그 차가 어디로 향했는지 알 수 없었다. 누군가 그를 차에 태우려 했을 때, 베니아민은 어찌할 바를 몰랐다. 얼굴은 벌겋게 달아올랐고 급히 그 자리를 떠났다. 그럼에도 베니아민은 다시 그곳으로 돌아올 수밖에 없었다. 그곳은 그에게도 일종의 공동체였으니까. 죄악이 가득한 사회 속, 불결하다고 낙인찍힌 동성애라는 감정. 하지만 동시에, 그 속에는 또 다른 종류의 확신이 자리했다. 한번은 컨버터블을 탄 폭주족이 나타나 소리를 지르며 위협했다.

"더러운 게이 새끼들!"

폭주족은 거칠게 말을 내뱉으면서, 동성애자들은 흩어지고 그들의 연대가 무너질 수 있다고 믿었다.

'호모, 탑, 바텀. 더럽고 빌어먹을 게이들.'

이런 욕설만 들어도 동성애자들은 움츠러들었다. 언제든 맞을 수도 있다는 두려움에 떨었다.

누군가 오스카 와일드에게 '폭로되어야 할 최악의 불결'이라 선고했듯, 동성애자들은 유죄였다.

침묵해야만 살아남을 수 있었고 어둠 속에서만 존재할 수 있었다.

변경에서, 음습한 곳에서, 마치 해충처럼.

그들 중에서도 베니아민은 가장 두려움이 많았으며 정직하고 진실된 전도사였다.

"안녕하세요, 저는 베니아민 닐손입니다. 여호와의 증인입니다."

그는 자부심을 담아 말을 건넸다.

“책자 받아 보시겠어요?”

그는 가장 빨리 뒷골목과 어둠 속으로 도망치는 사람이기도 했다. 부끄러움이 목까지 차올랐다. 베니아민이 키를 돌리고 자물쇠를 잠갔을 때, 이미 한밤중이었다. 그는 조심스레 문을 열고 미끄러지듯 들어갔다. 신발을 벗고 줄무늬 데님 재킷도 내려놓았다. 밤새 걷느라 뺨은 얼었고 코는 훌쩍거렸다. 조용히 방으로 들어가 바지와 스웨터를 벗으며, 혹시라도 누군가 깰까 조심스러웠다. 아버지가 방문을 두드렸다. 베니아민은 숨을 가다듬고 아버지 목소리를 들었다.

“너냐! 베니아민.”

사랑과 훈육은 늘 함께였다. 베니아민은 대답 전 잠시 호흡을 가다듬었다.

“예, 접니다.”

아버지는 숨 돌릴 틈 없이 말했다.

“많이 걸었구나!”

베니아민은 무슨 말을 해야 할지 몰랐다. 방문 밖에선 아버지의 인기척이 느껴졌다. 문은 열리지 않았고 질문도 아니었다. 아버지는 그저 말을 했을 뿐이었다. 그러나 기다려 주었다.

“안녕히 주무세요.”

마침내 베니아민이 입을 열었다. 아들은 설명할 필요 없었고 아버지도 책임을 묻지 않았다.

잠시, 아버지는 스스로를 다독였다.

"잘 자."

짧게 인사를 남기고 아버지는 침실로 돌아갔다. 베니아민은 잠옷을 입고 침대에 누웠다. 전등을 껐다. 숨을 깊게 내쉬자, 긴장했던 몸이 조금씩 풀리는 듯했다. 그는 천장을 바라보았다. 몸은 욱신거렸고 밖은 유난히 차가웠다. 밤새 걷느라 종아리는 아프고 마음은 얼어붙은 듯했다. 오늘 밤도 그는 걸었다. 걸었고 또 걸었다. 그리고 결국, 길을 찾지 못했다.

사라는 홀게르의 커피잔을 다시 채우며 사프란 빵을 내놓았다. 오늘은 강림절의 첫 일요일이라 특별히 구운 빵이었다. 그들은 거실에 함께 앉아 따뜻한 커피를 마셨다. 사라가 술을 권했지만 홀게르는 정중히 거절했다. 하랄드는 안락의자에 깊숙이 앉아 '뉘아 베름란드' 신문을 읽으며 담배를 피우고 있었다.

12월 초, 바깥은 늘 그렇듯 우중충했다. 오후 3시임에도 벌써 해가 저물었고 소나무 탁자 위에는 붉은 털실로 뜨개질한 받침대 위에 놓인 주철 촛대가 빛을 내고 있었다. 엄마가 여성단체 KIK 주최 바자회에서 구입한 것이었다. 강림절 첫날을 축하하며 촛불이 켜졌지만, 평소처럼 사라에게 안정감을 주지 못했다. 오히려 더 외로워 보였다. 가을 내내 라스무스가 없는 현실을 받아들이지 못해 힘겨워했기 때문이다. 엄마는 위스키를 조금씩 마시며 몸을 약간 떨었다. 그녀는 몸을 추스른 뒤 손님들에게 양해를 구하며 잔에 위스키를 조금 더 넉넉히 따랐다.

홀게르는 사라와 하랄드보다 열 살이나 어렸지만, 지금은 가장 가까운 친구였다. 옆집에서 어머니를 모시고 살며, 어머니는 노환으로 아르비카 요양원 입주를 기다리고 있었다. 그때까지 홀게르가 모실 예정이었다. 그는 코폼의 약국에서 일했고 간호사 출신인 사라와 나눌 이야기가 많았다. 그들은 서로 죽이 잘 맞았다. 무엇보다 그들 사이에는 라스무스라는 공통분모가 있었다.

하랄드는 홀게르를 친동생처럼 여기며 낚시, 탁구, 수영도 함께했다. 어릴 적 라스무스가 친구를 잘 못 사귈 때, 홀게르는 든든한 버팀목이었다. 라스무스를 보호했고 때론 라스무스가 홀게르에게 위안이 되기도 했다. 하지만 지금, 라스무스는 멀리 떠났고 홀게르와 사라는 서로가 필요했다. 그들을 잇는 끈이 사라지자, 갑자기 사이가 서먹서먹해졌다. 마치 라스무스가 없는 것처럼 행동하며, 그들만의 이야기를 이어가야 했다. 홀게르는 말없이 앉아 목청을 가다듬거나 손가락으로 테이블을 두드릴 뿐이었다. 마침내 사라가 먼저 입을 열었다.

"라스무스는 멀리 가버렸어."

홀게르는 모르는 척하며 사라가 말을 이어갔다.

"그래요. 생각해보니, 졸업하고 곧 가버렸으니. 시간 참 빨리 가요."

그들의 목소리에는 실망이 묻어났다.

"그래요. 지난봄에 졸업했지."

사라가 맞장구를 치며 얼굴에 밝은 빛이 돌았다.

"오! 당신도 졸업 모자 쓴 그 애를 봤지? 참 멋졌어! 하랄드, 졸업 앨범 좀 가져다줄래?"

하랄드는 이 대화에 끼고 싶지 않은 듯 신문 페이지를 툭 쳤다.

"칼스타드로 갔나요? 아니면 다른 데로?"

홀게르는 이미 알고 있으면서도 모른 척 공손히 물었다.

"스톡홀름."

엄마가 알려주었다.

홀게르는 위스키를 홀짝이며 말했다.

"스톡홀름으로요? 그럼 거기서 공부하나요?"

"그래요. 그럴 거예요."

강림절 첫 일요일, 어둠이 천천히 세상을 감싸고 있었다. 라스무스는 클라라 노라 거리를 홀로 걸었다. 포르노 숍 진열창에 비친 그의 얼굴이 흐릿하게 겹쳐졌다. 지나가던 차의 모습도 유리창에 스며들었다. 거울처럼 빛나는 유리 너머, 차가 천천히 멈추자 라스무스는 등을 돌렸다. 그와 운전자의 눈빛이 마주쳤다. 남자는 차창을 내려 보였다.

라스무스의 심장은 두근거렸다. 갈색 눈동자는 따스함으로 빛났고 짙은 수염 자국 사이로 웃음이 스며들었다. 그의 치아는 햇살처럼 반짝였다. 마음은 서서히 녹아내렸고 저항은 무너졌다. 지금, 꿈에 그리던 일이 현실이 될까?

남자가 몸을 길게 뻗어 보조석 문을 열었다. 마치 심장이 스스로 뛰고 폐가 저절로 호흡하듯, 라스무스는 무의식처럼 보조석에 앉았다. 두 사람은 서로를 바라보며, 오래된 친구처럼 조용히 인사를 나눴다. 남자는 브레이크에서 발을 떼고 차는 천천히 앞으로 나아갔다.

"근처에 학교 있지?"

라스무스가 스톡홀름으로 떠난다는 말이 집안에 떨어진 날, 잔뜩 마른 나뭇가지처럼 공기는 뻣뻣해졌다. 하랄드는 신문 뒤에서 불쑥 목소리를 높였고 사라는 그 소리에 가차 없이 반격했다. 마치 오래 숨죽이던 파도가 둑을 넘는 듯한 순간이었다. 며칠째 반복되던 논쟁, 보내야 할까, 붙잡아야 할까 그 대화는 사랑이면서도 고통이었고 부모라는 이름의 두려움이었다.

"그래, 그래. 내 말이 맞다는 걸 당신도 알잖아!"

하랄드는 버럭 소리쳤지만, 속으로는 자신이 라스무스를 더 놓치고 싶지 않다는 걸, 누구보다도 인정하고 있었다. 그는 아들을 사랑했지만, 완전히 이해하지는 못했다. 아니, 이해할 수 없다고 느꼈다. 라스무스는 그에게 신화 속 존재처럼 다가왔다. 유약하지만 신비로운, 설명할 수 없는 존재.

하랄드는 평생을 자연과 함께 살아온 사람이었다. 사냥꾼으로서 그는 약한 생명들이 어떻게 걸러지는지를 알고 있었다. 자연은 냉혹했고 가차 없었으며, 정당한 이유 따윈 없었다. 살아남지 못하는 이들은 그냥 사라졌다. 그렇기에 하랄드는 아들을 강하게 키우고 싶었다. 감싸면서도 풀었고 보호하면서도 강하게 키우고 싶었다. 하지만 라스무스는 그런 방식에 익숙하지 않았고 아버지의 의도는 종종 상처로만 남았다.

그럼에도 아버지는 알았다. 이해할 수 없는 존재를 사랑할 수 있다는 것을. 아들은 자기 세계와는 전혀 다른 리듬으로 살아가고 있었고, 하랄드는 그것을 불안해 하면서도 좋게 보았다. 그는 점점 더 조심스러워졌다. 아들을 꽉 붙들지 않고 무너뜨리지 않으면서 보내야 한다는 걸 깨달았다. 하지만 동시에 다짐했다. 라스무스에게 무슨 일이 생긴다면, 결코 자신을 용서하지 않으리라고.

"라스무스를 과감히 스톡홀름으로 보내셨군요."

홀게르가 무심한 듯 말했을 때, 사라의 얼굴은 즉각 굳어졌다.

"우리가 어쩔 수 있나요? 벌써 열아홉이예요. 제 동생과 함께 살 거고요. 다 괜찮을 거예요."

그 말엔 스스로를 설득하려는 불안한 확신이 섞여 있었다. 그러나 홀게르는 고개를 갸웃하며, 잔을 내려다보았다.

"그래야겠죠. 라스무스는 조금… 뭐랄까… 특별한 구석이 있으니까요…"

그 말이 공중에서 허공에 머물렀다. 하랄드와 사라는 동시에 시선을 피했고 더 이상의 대화는 이어지지 않았다. 말로 꺼내기엔 너무 미묘하고 너무 위험한 주제였다.

이윽고, 차는 함마르비 항구 근처의 조용한 공터에 멈춰 섰다. 밤은 깊었고 엔진이 꺼지자 사방이 기묘하게 조용해졌다. 그곳이 어디지 라스무스는 몰랐다. 운전자도 낯선 얼굴이었다. 라스무스는 그를 똑바로 쳐다보지 못했다. 기대했던 누군가는 아니었다는 것을 그는 본능적으로 알아차렸다. 갈색 눈동자, 짙은 턱수염, 불룩한 배. 그의 얼굴에서 라스무스는 낯설고 무거운 현실을 보았다.

하지만 이미 여기까지 왔다는 사실에 그는 숨이 막혔다. 되돌릴 수 없었다. 그렇게 믿어야만 했다.

남자는 몸을 돌려 라스무스를 바라보더니, 갑작스럽게 키스했다. 담배와 땀 냄새, 무례한 혀. 동시에 손은 바지 지퍼를 거칠게 내렸다. 라스무스는 움직이지 않았다. 소리치지도, 밀쳐내지도 않았다. 그는 그저, 조용히, 아주 조용히 그 자리에 있었다.

그 밤의 고요는 함마르비 항구의 바람보다 무거웠고 라스무스의 침묵은 어른들의 오래된 망설임만큼이나 깊었다.

남자는 라스무스의 성기를 향해 몸을 숙이더니 거칠게 빨기 시작했다. 라스무스는 눈이 커졌고 숨을 헐떡였다. 라스무스는 원할 때도 있었지만 원하지 않을 때도 있었다. 라스무스는 손을 남자의 머리에 내려놓았다. 애무이면서 한편은 그만두라는 신호였다. 하지만 남자는 라스무스보다 힘이 셌다. 남자는 마치 굶주린 아이가 젖을 빨 듯이 라스무스의 페니스를 빨았다. 라스무스 다리가 저절로 올라갔다. 생각했던 것과 딴판이라 정신이 달아났지만 속에서 솟아오르는 어떤 것을 멈출 수 없었다. 속절없이, 라스무스는 자기 성기를 빨고 있는 이 낯선 남자 입속으로 씨앗을 뿌리고 말았다.

◈

"어쨌든, 곧 집으로 돌아올 거야. 다리 사이로 꼬리를 살며시 감추고."

"하랄드!"

"알아, 알아. 하지만 당신도 내 말이 틀리지 않다는 걸 알잖아."

"하지만 라스무스는 이 코폼에 어울리지 않아! 그렇지, 홀게르?"

하랄드가 목소리를 높이자, 사라는 날카롭게 맞받아쳤다.

"그럼, 라스무스가 여기서 뭘 해야 한단 말이에요, 하랄드? 대답해 봐요."

화가 난 사라는 묻지도 않고 홀게르에게 커피를 더 따르며 말했다.

"하지만 난 걱정하지 않아요. 내 아들을 잘 알거든요. 그 아이는 절대로 위험한 짓을 하지 않을 거예요."

늦은 저녁, 라스무스는 낯선 아파트 낯선 침대에, 또 다른 남자와 함께 누워 있었다. 아까 만난 남자가 자신의 차로 다시 클라라 노라까지 데려다주었다. 그들은 지금 벌거벗은 채로, 마치 세상과 단절된 듯 조용했다. 남자는 사십 대쯤 되어 보였고 머리숱이 많으며 어깨가 넓었지만, 약간은 살이 쪘다. 그 또한 라스무스가 꿈꾸던 이상형과는 거리가 멀었지만, 어쩔 수 없이 그와 관계를 맺어야만 했다. 아파트는 남자의 지인 소유였다. 지인은 지금 외출 중이었다. 침대 시트는 때가 묻어 있었고 방 안은 차가웠다. 라스무스의 피부에 닭살이 돋았다.

전등이 꺼지고 거리의 불빛이 발코니를 통해 은은하게 스며들었다. 목재 창틀의 그림자가 바닥을 따라 침대까지 길게 드리워졌다. 낯선 남자가 라스무스의 등을 누르고 있었다. 그는 천천히, 조심스레 라스무스의 가장 깊은 곳으로 들어가려 했다. 라스무스는 이런 경험이 처음이라 말조차 꺼낼 수 없었다.

"조심해요, 제발 조심해줘."

라스무스는 애원하듯 말했다.

"걱정 마, 난 이미 수천 명과 경험했으니까."

남자는 차갑고 단호했지만, 동시에 라스무스를 안심시키려 했다. 처음엔 너무 아팠다. 마치 치과에서 마취 없이 신경을 건드리는 듯한 고통이었다. 그때 라스무스는 아파서 치과 의자에 앉아 소리쳤던 기억이 떠올랐다. 남자는 잠시 멈칫했고 라스무스는 남자를 밀쳐내려 했지만 움직이지 않았다.

"쉿."

남자는 입술에 손가락을 대며 라스무스를 진정시켰다.

"지금 완전히 들어갔어."

라스무스는 숨을 헐떡이며, 찢어질 듯한 고통 속에서도 어딘가 모르게 행복했다. 분명 행복했다. 뭔가 자신에게 자부심이 스며드는 듯했다. 그는 해냈다. 이제 혼자가 아니었다. 누군가와 사랑을 나누는 사람이 되었다는 사실에, 라스무스는 몸과 마음이 뜨거워졌다.

"키스해줘."

라무스는 애원했다. 그들은 천천히 입맞춤을 나누었고 남자는 허리를 부드럽게 움직이기 시작했다. 처음엔 천천히, 점점 속도를 내며 빠르게 움직였다. 아픔이 있었지만, 라스무스는 견뎌냈다. 학교 운동장에서 악동들에게 붙잡혀 맞았던 그때를 떠올리며, 고통의 리듬에 몸을 맡겼다.

그는 손으로 남자의 허리를 살짝 밀며 무게를 견뎠다. 그러면서도 마음속으로 되뇌었다.

'아니야, 넌 아니야.'

하지만 그는 계속 그 남자를 내버려 두었다. 이렇게 하는 게 좋았으니까. 그리고 그 남자는 예의 바른 사람이기도 했다.

라스무스는 숨 쉬면서, 다른 사람의 침대에서 나는 냄새를 맡았다. 방은 어두웠고 천장은 높았다. 밖에는 여전히 자동차가 달리고 있었다. 그는 낯선 남자를 애무했다. 손으로 그의 등을 쓸이내리디 느낌이 이상한 곳에서 멈췄다. 그의 등에 습진 아니면 모반 같은 것이 있었다. 라스무스는 반점이나 사마귀를 보면 늘 기겁했다. 고등학교 일학년 때, 손에 처음 사마귀가 났는데, 홀게르가 약국에서 가져온 약으로 닦아내야 했다. 마치 매니큐어 지우는 액체 같았다.

아버지와 홀게르는 꼬마 아가씨처럼 라스무스가 투정한다고 생각했지만 라스무스는 사마귀를 몹시 싫어했다. 그래서, 지금 그는 묻지 않을 수 없었다.

"이것 뭐예요?"

"등에 있는 것."

그는 태연하게 말하면서 찌르기를 멈췄다.

"여기도 있어!"

그는 몸을 일으키면서, 가슴 아래에 있는 갈홍색 발진을 보여주었다. 끔찍했지만 라스무스는 고개를 저었다. 그들은 다시 키스를 했고 그 남자는 페니스로 라스무스를 찌르기 시작했다. 깊게, 아주 세게 찔렀다. 누군가 혹은 어떤 것이 안으로 들어오려고 문을 세게 노크하는 것 같았다.

청명한 여름날, 첫 옅은 구름이 하늘을 가르듯 스쳐 지나가고 아무것도 흔들 수 없는 고요한 산들바람이 오후를 통과할 때, 그건 어쩌면 폭풍의 전조였는지도 모른다. 평소보다 붉게 물든 석양 아래, 수면 위를 은은하게 가로지르는 달빛처럼, 낮게 비상하는 새떼의 그림자처럼. 누가 알았을까. 무슨 일이 다가오고 있었는지. 그건 아주 미세한 떨림이었다. 이름도 모를 불안이, 마치 먼 수평선 위의 실금처럼 나타났고 잡지 『레볼트』의 몇 줄에 숨어 있었다. 많은 이들이 그 잡지를 넘겼지만, 정말로 읽은 사람은 드물었고 눈길을 오래 붙잡을 만한 기사는 더더욱 없었다.

"덴마크 남성 네 명, 희귀암으로 사망."

"헤이그에서 동성애 작품 전시."

"청년과 사랑을 나눈 가톨릭 신부, 징역형."

대부분은 무심히 넘겼다. 설령 읽었다 한들, 진짜 관심은 암페타민에 있었다. 그 약은 빠르게 심장을 뛰게 했고 춤과 섹스가 뒤엉키는 밤의 클럽에서 특히 인기가 많았다. 하지만 그즈음, 누군가는 암페타민이 암을 유발할지도 모른다고 말했다. 덴마크 오르후스 대학의 연구자들은 카포시 육종이라는 희귀암이 동성애자 남성에게 집중적으로 발병하고 있다는 점에 주목했다. 이 암은 약물과 무관하지 않을 것이라고 추측했다. 아무도 이게 시작일 거라고는 생각하지 못했다. 그 무엇도 이름 붙여지지 않았고 아직은 단지, 낯선 병의 그림자만이 천천히 드리우고 있었다.

1982년, 『레볼트』 1월호의 표제는 이렇게 뽑았다. 「미국, 에이즈의 나라. 혼란의 시대」. 기사는 로널드 레이건 취임 이후 미국 사회가 동성애자에게 얼마나 차갑게 변했는지를 다루었다. 도덕적 다수당(Moral Majority)은 게이 해방 운동을 불태우듯 공격했고 그들은 도서관에서 책과 음반을 '사악하다'며 불살랐다. 어떤 상원의원은 동성애자에게 사형을 선고해야 한다고 말했다. 그리고 그 모든 소란의 한복판. 짧은 문장 하나가 놓여 있었다.

"현재 당국은 미스터리한 폐렴과 씨름 중인데, 이 질병은 오직 동성애자에게만 발병한다."

단 한 문장. 그러나 그것의 의미는 것은 가늠할 수 없는 깊이의 어둠이었다.

그때까지만 해도, 호수는 잔잔했다. 파문은 있었지만, 그 물결이 스웨덴까지 미칠거라 생각하는 사람은 거의 없었다. 사람들은 무심하게 지나쳤다.

'미국 어딘가에서 한 동성애자가 폐렴에 걸렸구나. 안타깝지만… 우리와는 상관없는 이야기야.'

그러나 평범한 폐렴이 얼마나 많은 삶을 삼켜버릴 수 있는지, 그 누구도 상상하지 못했다. 그 기사는 필명 미케로 나왔다. 의사였던 그는 미국을 여행하며, 현지 동성애자들의 삶을 몇 차례에 걸쳐 연재했다. 그리고 1982년 4월, 『레볼트』에 〈우리에게 닥친 질병〉이라는 제목의 긴 글을 발표한다. 첫 문장은 담담했다.

"최근 미국에서 동성애자들이 다양한 질병으로 고통받고 있다. 이들의 발병률은 비정상적으로 높으며, 때로는 생명을 위협하기도 한다. 미국 언론은 이제야 겨우 그 사실에 주목하기 시작했다."

그리고는 매독, 아메바성 이질 같은 익숙한 병들의 이름을 넘어서 그는 세 가지 질병을 이야기했다. 가장 먼저는 카포시 육종. 이 암은 미국 동부 해안의 게이 남성들 사이에서 발병했다. 다음은 폐렴. 그는 기록했다. "환자 중 60% 이상이 사망했다. 처음엔 단순한 감염처럼 시작한다. 피로, 반복되는 열, 빈혈. 하지만 면역 체계는 서서히 무너지고 몸은 더 이상 스스로를 지탱하지 못하게 된다. 그리고 마지막."

폐렴과 유사한 증상을 보이는 특이한 헤르페스. 이 병은 특히 백혈병 환자나 면역력이 무너진 사람에게서 치명적이었다. 카포시 육종. 원인 모를 폐렴. 공격적인 헤르페스. 그리고 끝없이 쇠약해지는 몸.

미케도 그때는 알지 못했다. 그가 기록한 이 단어들이 곧 '동성애자 병', '죽음의 병'이라는 낙인이 찍혀 수많은 사람을 덮칠 거라는 사실을. 그 모든 건, 바람 한 줄기에서 시작되었다. 보이지 않는 균열. 기억되지 않은 기사. 무심히 넘긴 한 문장. 하지만 그 여름의 구름처럼, 조용히 다가온 그것은 곧 모든 것을 바꿔놓는다.

베니아민은 마음속으로 스스로를 다독였다. 이건 단지 전도일 뿐이라고. 그저 지난 방문의 후속 조치라며 자신을 설득했다. 서류가방 안에는 얇은 브로슈어 몇 장, 성경 한 권, 그리고 조그만 메모지 한 장이 담겨 있었다. 그 모든 것이 마치 자신을 지탱해주는 부적처럼 느껴졌다. 베니아민은 승강기 대신 계단을 택했다. 두 계단씩 성큼성큼 오르며, 마음속의 불안을 힘으로 밀어붙이듯 발걸음을 옮겼다. 그 짧은 순간, 여호와의 증인으로서의 위엄도, 전도의 사명도 사라졌다. 남은 것은 거친 숨을 몰아쉬는 육체, 떨리는 심장이었다. 초인종을 누른 순간, 그는 자신이 이곳에 있어서는 안 되는 사람임을 깨달았다. 그러나 손끝의 떨림은 이미 지나갔고 발은 여전히 그 자리에 붙어 있었다. 복도 저편에서 발소리가 가까워오자, 그는 잠시 뒤돌아가야 할까 생각했다. 결국 눈을 감고 천천히 숨을 고르며 마음을 다잡았다. 심장은 조용히, 그러나 확실히 뛰고 있었다. 그때, 오래전의 한 장면이 기억 속에서 일었다. 바람이 밝은 여름의 냄새를 품고 불어오던 날이었다.

"여기서 떨어지면, 죽을 수도 있나요?"

어린 베니아민이 아버지에게 물었다. 태양은 눈부셨고 갈매기는 바다 위에서 울음을 흩뿌렸다. 어머니는 부엌에서 청어를 튀기며 낮은 콧노래를 흥얼거렸다. 식사 후에는 바다로 수영을 갈 참이었다. 모든 것이 평화로웠고 시간은 그 고요 속에 잠겨 있었다. 그러나 베니아민의 몸은 미묘하게 긴장했다. 발밑의 공허, 그 아래로 뻗은 깊고 검은 어둠을 느꼈다. 어디론가 떨어질지도 모른다는 아주 오래된 두려움이 그를 휘몰아쳤다. 그때 아버지의 팔이 그를 감쌌다. 따스하고 단단하고 세상의 모든 안식이 그 품 안에 있었다. 그 순간만큼은 그는 완전히 보호받고 있었다. 사랑하는 너무나 사랑하는 아버지의 품속에서.

"베니아민."

아버지는 낮게 말했다.

"우리가 모르는 게 좋을 때가 있단다."

아버지의 목소리는 부드러웠지만, 그 안엔 단호함이 배어 있었다.

"네가 몰라야 할 것들이 있고 찾지 말아야 할 길이 있어. 어떤 문은 베니아민…노크하지 않는 게 좋단다."

그 말은 오랫동안 그의 안에서 울렸다. 그날의 햇빛처럼, 지금도 눈을 감으면 여전히 그 빛이 남아 있었다. 하지만 그 순간, 문이 열

148

렸다. 금발의 남자가 조용히 모습을 드러냈다. 파울은 처음에는 베니아민을 알아보지 못한 듯, 잠시 눈을 크게 떴다가 이내 익숙한 미소를 지었다. 베니아민은 평소처럼 웃으려 애썼다. 오랜 시간 전도를 하며 익혀온 그 미소, 수없이 연습해 온 낯익은 표정이 떠오르지 않았다. 모자를 쥔 손이 떨렸고 얼굴은 붉게 달아올랐다. 어린 시절부터 익숙했던 낯선 상황이지만 지금은 모든 것이 달랐다.

"안녕하세요."

그는 짧게 인사를 건넸다. 그 말이 전부였다. 뒤이어 나와야 할 문장들은 목구멍 안에서 멈췄고 시선은 저도 모르게 계단 쪽으로 향했다. 다시는 오지 말았어야 했다.

"저, 우움…"

그가 더듬는 말에 파울은 장난기 어린 목소리로 말했다.

"너 지금, '어쩌구저쩌구, 저는 베니아민이고 예수님을 전하러 왔습니다' 그거 하려고 했던 거지?"

베니아민은 말없이 고개를 떨구며, 울음이 섞인 목소리로 조용히 물었다.

"…들어가도 될까요?"

파울은 잠시 눈을 깜빡이며 망설이다가, 문을 활짝 열며 말했다.

"물론이지. 미안해. 너를 기다리고 있었어."

베니아민은 파울과 눈을 마주치지 못한 채, 신발도 벗지 않은 채 안으로 들어섰다. 초겨울의 길은 눈과 진흙으로 엉겨 있었고 신발을 벗는 것이 예의였지만, 그 순간 그는 예의를 지킬 힘조차 없었다. 거실 안은 성탄절 장식으로 가득했다. 빛줄기는 숨 쉬듯 천천히 반짝였고 베니아민은 조용히 소파에 앉았다. 잠시 후, 파울도 그의 곁에 앉았다. 두 사람 사이엔 고요한 침묵이 흘렀다. 파울은 무릎을 가볍게 두드리며 베니아민이 먼저 말을 꺼내길 기다렸다. 마침내, 파울이 부드럽게 물었다.

"오늘은 브로슈어가 없네?"

베니아민은 천천히 고개를 들었다. 파울의 눈빛은 마치 나무라는 듯, 하지만 어딘가 따뜻했다.

"어떻게 알았나요?"

파울은 웃으며 손을 내밀었다.

"오, 네 몸에 써 있어."

베니아민은 얼어붙은 손으로 자신의 얼굴을 살짝 쓸었다. 입술이 떨렸다.

"오, 신이시여… 살에 박힌 가시 같아요."

파울은 눈썹을 살짝 찌푸리며 되물었다.

"뭐라고?"

"바울이 하신 말씀이에요. 하나님이 제게 주신 시련입니다."

그 말에 파울은 어깨를 으쓱했다.

"그랬구나. 그럼, 맞는 말이겠지."

두 사람의 거리는 가까웠지만, 끝내 닿지는 않았다. 파울은 조용히 기다렸고 베니아민은 방 안을 둘러보았다. 그의 눈빛은 어딘가를 애타게 찾는 듯, 혹은 이미 사라진 무언가를 붙잡으려는 듯 깊고 조용했으나 슬퍼보였다. 애쓰다, 마침내 그는 조심스레 입을 열었다.

"내 인생에서, 나를 사랑하는 누군가를⋯ 사랑하고 싶었습니다."

그 말은 마치 오래 감춘 편지를 꺼내 읽는 것처럼, 조심스럽고 가늘게 떨렸다. 모든 말이 마음에서 쏟아지려면 그만큼의 고요한 시간이 필요했다. 파울은 조용히, 베니아민이 끝까지 말할 수 있도록 숨도 크게 쉬지 않고 옆에 앉아 있었다. 말이 끝난 뒤에도, 그들은 한동안 아무 말 없이 앉아 있었다. 침묵은 그들 사이를 메우는 따뜻한 담요처럼 조금씩 감정을 덮어주었다. 그리고 마침내, 파울은 손을 들어 베니아민의 허벅지를 살며시 두드리며 말했다.

"너 알아, 내 젊고 아름다운 친구야. 이제 너의 첫 성탄절을 축하할 시간이야."

"행복한 파랑새들은 무지개 너머로 날아가는데, 왜, 왜 나는 그럴 수 없을까?"

주디 갈랜드가 세상을 떠났을 때, 그것은 단지 한 예술가의 죽음을 의미하지 않았다. 그녀가 살아낸 삶과 고통은 수많은 성소수자들에게 자기 존재를 비추는 거울과도 같았다. '오즈의 마법사'속 도로시로 그녀는 무지개 너머의 세계를 노래했고 그 노래는 언젠가 다른 삶을 꿈꾸던 이들의 희망이 되었다. 하지만 그녀의 현실은 알코올과 약물에 지친 끝에, 여름날 뉴욕의 공동묘지에 안식하면서 끝이났다.

그 상실은 단지 슬픔을 넘어서, 하나의 분노로 번졌다. 그리고 그 분노는 1969년 6월 27일, 뉴욕 크리스토퍼가의 스톤월에서 불꽃으로 터졌다. 매번 당하기만 하던 이들이 처음으로 저항했다. 성적 소수자들이 폭력 앞에 맞서고 자신의 존재를 부끄러워하지 않기로 결심한 순간이었다. 동전과 술병, 하이힐이 투쟁의 무기가 되었고 그들의 목소리는 나흘 동안 도시를 울렸다. 그날부터 세상은 달라지기 시작했다.

스톤월에서 시작된 변화의 바람은 대서양을 넘어 스웨덴에도 불었다. 1971년, 외레브로에서 게이 프라이드 시위가 열렸고, 같은 해 스톡홀름 세르겔스 광장에 위험을 무릅쓴 열여섯 명이 모여 자유를 외쳤다. 스웨덴은 아직 동성애를 질병으로 분류하고 있었고 법적으로도 인정받지 못한 관계 속에서, 숨어서 사랑을 나눠야 했다. 그러나 침묵 속에서도 목소리는 커졌고, 점차 사람들은 밖으로 나오기 시작했다.

마초 같은 게이나 정치적 의식이 강한 이들만이 아니라, 트랜스젠더와 여성 역할을 하는 게이, 레즈비언들도 선봉에 섰다. 그들은 크게 목소리를 높이며, 동전과 술병, 구두 같은 것을 경찰에게 던졌다. 예상치 못한 저항에 경찰은 물러났고 지원병을 부르기 전에 이미 저항의 소식은 삽시간에 퍼졌다. 그리하여 수천 명이 이곳으로 모여들었다. 더 이상 물러설 곳이 없었기 때문이다. 스톤월 전투는 나흘간 이어졌고 그날을 기점으로 뉴욕뿐 아니라 미국 전역, 더 나아가 전 세계가 동성애자를 다르게 보기 시작했다. 이제 동성애자는 더 이상 손쉽게 괴롭히고 사냥하던 대상이 아니었다. 위협에 도망치거나 숨던, 존재 자체에 관용을 구하던 그림자가 아니었다. 스톤월의 불꽃은 시민권 운동과 블랙 팬서, 여성 해방 운동, 그리고 게이 운동에 새로운 힘을 불어넣었다. 수비가 아닌 공격, 굽높은 하이힐을 신고 싸울 힘, 그저 약간의 자부심과 존엄을 되찾기 위한 외침이었다.

오랜 시간, 스톡홀름의 유일한 클럽에는 커튼이 내려져 있었다. 회원 이름을 숨겼다.

성적 지향이 드러나는 순간, 큰 재앙이 닥칠지도 모른다는 두려움 때문이었다. 미국에서 피어난 새로운 해방의 불꽃을 따라, 스웨덴에서도 게이 해방 운동이 천천히, 그러나 분명히 속도를 내기 시작했다. 주디 갈랜드의 장례식과 뉴욕 스톤월의 봉기가 있었던 이듬해, 그 파문은 스웨덴 전역으로 퍼져갔다. 1971년, 외레브로에서 처음 열린 게이 프라이드 시위. 그리고 몇 달 뒤, 스톡홀름 세르겔스 광장에 위험을 무릅쓴 열여섯 명이 자유를 외쳤다. 열여섯 명. 해방은 그만큼 새롭고 그만큼 연약했다. 1978년, 동성애 위원회가 꾸려졌다. 차별의 현실을 조사하고 구체적인 대책을 세우기 위해서였다. 그러나 스웨덴은 아직도 동성애를 질병으로 분류했고 게이 커플을 법적으로 인정하지 않았다. 아무리 함께 살아도, 행정 서류엔 '독신'이라 적어야 했다. 자신의 성을 숨기고 침묵해야 했던 세상. 그 침묵의 벽이 이제 막 조금씩 무너지고 있었다. 1978년 6월, 샌프란시스코에서 열린 스톤월 봉기 기념식. 그곳에 서 있던 하베이 밀크가 말했다.

"벽장에 숨어 있는 한, 우리의 권리는 영원히 쟁취할 수 없습니다. 위선과 왜곡과 싸우려면 밖으로 나와야 합니다. 저는 침묵을 강요하는 음모에 지쳤습니다. 당신은 밖으로 나와야 합니다. 부모도, 친척도 넘어, 밖으로 나와야 합니다."

그해 11월, 밀크는 피살되었고 같은 해 8월, 스톡홀름에서는 게이 해방 시위가 열렸다. 참가자는 두 배로 늘었다. 해방 운동은 좌파의 품 안에서 태어났다. '뢰다 뵈가르', 붉은 게이들, 동성애 사회주의자들이 모였고 1981년 게이 문학 전문 서점 로사 룸메트가 문을 열었다. 라스무스가 티미에 온 날 처음 본 그 서점이었다. 잡지 『레볼트』는 성 정치와 문화를 어우르며, 나체 남성 사진과 포르노 단편 소설을 나란히 실었다. 페이지마다 독자에게 속삭이듯 격려했다.

"우리는 곳곳에 있다!"
"자신을 부정하지 마라!"
"인간의 존엄을 위해 싸우자!"
그리고 다음 페이지엔 '안토니오'의 사진과 함께 '자랑스러운 남자!'라는 글귀가 새겨져 있었다. 해방의 기운은 아직 작고 미약했다. 누군가가 부끄럼 없이, 한 남자를 사랑한다고 고백하는 일은 그 시절엔 상상조차 어려웠다. 뒤뚱거리며 첫걸음을 내딛는 듯, 조심스럽고 불안했다. 그럴수록, 서로의 지지와 격려가 간절했다.

"우리는 여기 있다. 우리가 누구인지 부정하지 마라. 멈추지 말고 함께 나아가자."

긴 겨울이 끝나고 마침내 눈이 녹듯. 두려움으로 꽁꽁 언 마음도 조금씩 풀렸다. 사랑을 원한다는 갈망. 사랑하고 사랑받고 싶다는 소박한 바람. 그것이 곧, 해방의 시작이었다.

금요일 저녁, 티미.

사람들은 붐비는 클럽 입구에 모여 있었다. 누군가와의 눈빛이 스치기를, 아직 만나지 못한 인연과 잠시나마 연결되기를 바라는 마음으로. 단지 섹스 때문만은 아니었다. 새벽이 오기 전, 커피 한 잔을 함께 나눌 수 있는 말없이 등을 토닥여줄 누군가를 꿈꾸며, 그들은 모였다.

이곳은 성적 일탈을 위한 공간이 아니다. 춤을 추고 술을 마시고 서로의 하루를 들여다보며, '평범한 삶'을 살아내기 위한 장소다. 다르다는 이유로 숨는 곳이 아니라, 다르지 않다는 사실을 세상에 증명하기 위한 공간. 그렇게 사람들은 이 문 안으로 들어온다.

레이네와 파울은 십 대 소년처럼 테이블 너머 남자들을 지켜보며 속삭인다. 레이네는 그들 중 한 사람을 사랑하고 있다. 아니, 사랑에 빠져 있다. 늘 그렇듯, 그는 진심이다. 그러나 사랑은 늘 레이네를 벼랑 끝으로 몰아세운다. 술에 취한 채 쓰러진 새벽, 눈물로 젖은 베개, 침대 밖으로 나가지 못하는 우울의 나날. 가장 돌보기 쉬웠던 때는 모두가 한집에 살던 시절이었다. 조용히 그의 옆에 누워 있기만 하면 되었으니까.

하지만 이제는 심야 버스를 타고 도시를 반쯤 가로질러야 한다. 새벽 두 시, 울먹이는 레이네 전화 한 통에 파울은 거리의 바람을 뚫고 달려간다. 그리고 며칠이 지나면, 레이네는 또 다른 사랑에 빠진다. 이번엔 건방진 청년이다. 레이네는 다시 맥주와 와인, 담배를 사다 바친다. 그리고 아무것도 받지 못한다. 이용당하고 있다는 걸 알면서도, 모른 척한다. 사랑은 늘 그렇게 그를 비껴간다.

세포는 커피를 마시며 『레볼트』를 소리 내 읽는다.

"들어 봐. '샌프란시스코뿐 아니라 미국 전역에서 발생한 카포시 육종, 이른바 게이 암으로 많은 사람들이 불안에 떨고 있다'…."

레이네는 그 말을 들으며 잠시 고개를 돌렸다. 불안은 이제 그들 모두의 것이었다. 레이네가 고개를 들었다.

"카포시? 뭐라고?"

"육종이래. 검붉은 반점 같은 게 생기고 나중에는 온몸으로 퍼진대."

파울이 중얼거렸다.

"이제 우리를 벽장 안으로 다시 몰아넣겠지. 도덕다수당 놈들이 그러잖아. '게이 암'이라니, 이런 말도 안 되는 소리가 어딨어."

"암페타민과 연관 있다는 얘기도 있어. 면역 체계가 망가지면 다른 병도 쉽게 퍼진다고."

"그러니까 이제 암페타민도 하지 말라는 거야?"

파울이 비꼬듯 말했다.

"벌써 220명이 죽었대."

"제기랄… 팬지들 죽는다고 온 세상이 드라마처럼 떠들어대겠지."

그 대화 속에서도 레이네는 아무 말이 없었다.

가만히 앉아 깊은 생각에 잠긴 채, 텅 빈 눈으로 테이블 너머를 바라보았다.

그는 늘 죽음을 두려워했다.

그것은 단순한 공포가 아니었다.

삶 내내 따라다닌 죄책감과, 자신을 향한 불신, 타인의 저주처럼 내면에 박혀 있는 상처가 그 두려움을 키웠다. 친구들이 '너 자신을 사랑해'라고 말했지만, 정작 자랑스러울 만한 자신이 어디 있단 말인가? 파울이 그를 보며 물었다.

"맥주 하나 더 마실래, 자기야?"

레이네는 고개를 끄덕였다.

"응. 나 클라라 노라 쪽으로 가볼래. 뭔가 있을지도 몰라."

파울은 언제나처럼, 그의 고민을 외면한 채 술집 안으로 사라졌다. 세포는 『레볼트』를 덮었다.

표지엔 반쯤 벗은 채 해적처럼 차려입은 남성이 실려 있었다. 그의 눈빛엔, 누구도 흔들 수 없는 조용한 확신이 깃들어 있었다. 잡지 속, 짧은 문장이 마음속에서 메아리쳤다.

"우리는 곳곳에 있다. 네가 누구인지 부정하지 마라. 자랑스러운 남자."

레이네는 부드럽고 다정한 사람이었다. 수줍고 조용했으며, 마음속 어딘가엔 오래된 슬픔이 머물고 있었다. 가족은 그가 스톡홀름에서 어떻게 살아가는지 몰랐고 아마 앞으로도 영영 모를 것이다.

1982년 12월. 차가운 공기 속에, 묘한 해방의 기운이 감돌았다. 조금은 들뜬, 그러나 어딘지 모르게 불안한 자유. 레이네는 그때 처음으로 자신이 자유롭다고 느꼈다. 그러나 그의 몸 안에는 이미 보이지 않는 손님이 숨어들고 있었다. 그 이름조차 아직 명확하지 않았던 바이러스, HTLV-III. 훗날 HIV라 불릴 존재는 아주 조용히, 아무도 모르게 그의 면역체계를 무너뜨리고 있었다.

처음엔 아무 증상도 없었다. 단지, 검진 결과의 이상한 수치들. 하지만 그 수치들은 댐이 서서히 무너지는 것처럼, 그의 몸을 안에서부터 허물어 갔다. T세포가 줄고 폐렴과 이질, 암과 치매 같은 그림자들이 하나둘 삶에 끼어들기 시작했다. 병은 몇 해에 걸쳐 천천히, 그러나 확실하게 사랑과 삶을 삼켜갔다.

레이네는 알지 못했다. 그가 이미 감염되었음을, 그리고 사랑이라는 이름 아래, 그것을 누군가에게 전하고 있었음을. 그는 단지 사랑했다. 그 사랑은 또 다른 사랑에게로, 다시 또 다른 이에게로 전해졌다. 그렇게 바이러스는 사랑의 형체를 빌려 번져갔다. 전염을 멈출 수 있었던 것은 고작 콘돔 하나뿐이었다.

임신을 걱정할 필요가 없는 이들은 쉽게 방심했다. 방심은 서서히, 소리 없이, 파괴를 불러왔다. HIV는 때론 10년을 잠잠히 잠복했다가, 어느 날 갑자기 공격을 개시했다. 그러나 레이네에게는 그렇게 오랜 시간이 주어지지 않았다. 바이러스는 그의 연약한 내면을 파고들어, 숨 쉴 틈조차 주지 않고 몰아쳤다.

그 겨울, 그 자유의 계절. 레이네는 비로소 진정한 자유를 맛보았지만, 그 자유는 이미 그의 몸 안에서, 조용히, 슬프게 사라지고 있었다.

그날 밤, 파울은 맥주 두 병을 들고 돌아왔다. 하나는 요즘 레이네가 사랑에 빠졌다는 청년을 위한 것이었다. 파울이 보기엔 형편없는 녀석이었다. 늦은 밤, 파울이 클라라 노라로 떠나면, 레이네는 홀로 남아 그 청년에게 술과 담배를 건넬 것이다. 그리고 밤이 깊고 주점의 문이 닫히면, 청년은 말없이 다른 누군가와 사라질 것이다.

남겨진 레이네는 비킹 사우나로 향한다. 차가운 비닐 침대 위에 가만히 누워, 말없이 이 사람, 저 사람을 받아들인다. 감정 없이, 표정 없이. 단지 체온 하나에 기대며 그렇게 또 한밤을 견딘다. 그리고 여덟 달 뒤, 그는 로스락스툴 감염병동에서 조용히 세상을 떠날 것이다. 안아주는 이도 없이, 위로도 없이. 오직 적막 속에서, 형벌처럼.

한편, 파울은 클라라베리스 거리를 걷고 있었다. 담배갑을 왼손에 쥐고 자정이 막 지난 거리 위를 빠르게 걸었다. 올렌스 백화점의 성탄 장식이 반짝였지만, 그는 단 한 번도 시선을 주지 않았다. 환풍기 앞에 모여 몸을 녹이는 십대 소년들을 스치며 지나가면서, 그는 조용히 기도했다. 다치지 않기를. 무사하기를.

그는 자주 이렇게 말했다.

“게이는 빨리 걸어야 해. 자기야, 자신을 지키는 게 최우선이야.”

눈은 정면을 보고 귀는 주변을 경계하며, 시선은 흐릿한 광고판을 스치듯 바라보라. 고개는 들고 어깨는 펴고 자존심은 지켜야 한다.

라스무스는 클라라 노라를 떠나, 브뤼가르가 교차로에 서 있었다. 입김이 허공에 부딪혀 사라졌다. 기다림에 지쳐 몇 번이나 돌아갈까 고민했고 추위에 몸을 녹이려 두 번이나 성인물 가게에 들어갔다 나왔다.

“십 분만 더.”

그는 스스로와 거래 중이었다.

차가운 공기를 가르며 사브 자동차 몇 대가 지나갔다. 무심한 얼굴, ‘나는 아무것도 보지 못했다’는 듯한 표정들이 창 너머로 스쳐갔다. 하지만 그중 한 대, 천천히 지나친 차는 잠시 멈춰설 듯 속도를 줄였다. 누군가의 눈빛은 아주 드물게, 기회의 징후처럼 느껴지기도 했다.

그때였다. 파울이 그를 발견했다. 일부러 담배 하나를 떨어뜨렸다. 라이터를 빌리는 것은 가장 자연스러운 시작이었다.

“안녕, 자기야. 불 있어?”

라스무스는 파울을 알아보았다. 중앙역 뵈그링엔에서 스쳐 지나간 적 있는 사람. 라이터에 불을 붙이자, 파울이 그의 손을 감쌌다. 불이 꺼지지 않게.

그 짧은 접촉에, 눈빛이 오갔다.

이번엔 라스무스도 당황하지 않았다. 두 사람은 나란히 서서 담배를 피웠다.

조금 전 지나간 파란 사브 자동차가 다시 돌아와, 그들 앞에 멈춰섰다. 창밖으로 고개를 내민 노인이 말을 건넸지만, 그들은 말없이 눈빛으로 거절했다. 차가 조용히 사라지자, 두 사람은 마주 보며 웃었다.

겨울밤, 낯선 도시의 교차로 위. 짧은 담배 연기 속에서, 그들은 잠시 세상에서 가장 가벼운 존재가 되었다.

말 한마디보다 더 진한 연대는 때때로 손끝의 온기에서 시작된다.

"봤어요. 중앙역, 뵈그링엔에서."

"기억해?"

"기차에서 내려 처음 만난 사람이 당신이었어요."

그 말에 파울의 얼굴이 환해졌다.

"베름란드에서 왔었지? 억양이 기억나. 바로 뵈그링엔으로 왔던 거지?"

"그랬었지요."

라스무스는 웃었다.

"그래도 벌써 클라라 노라를 알다니, 시간 낭비는 안 했군. 하지만 여긴, 그리 좋은 곳은 아니야. 그건 알아둬야지."

라스무스는 어깨를 으쓱였다.

별일 아니라는 듯이. 중요하지 않다는 듯이.

"난 널 19년 동안 기다렸어."

라스무스는 입을 가리며 웃었다.

“이제, 때가 된 거 아냐?”

“당연하지. 넌 보상받아야 해. 나는 네 편이야.”

파울은 담배를 깊게 빨았다.

“이모네 산다고 했지? 여긴 아직 아무도 모르는구나?”

“그렇죠. 근데 티미엔 가봤어요. RFSL 회원이에요.”

“그래? 그럼 나를 만난 게 행운이지.”

파울이 장난스럽게 웃었다.

“큰 도시에서, 내가 널 지켜줄 거야.”

“파울이 누구죠?”

파울은 코웃음을 쳤다.

“정말, 파울이 누구냐니. 나야 나! 넌 아직 어리니까 이해해. 이제 알았지? 내가 바로 파울. 게이계의 마더 테레사야. 기본이지.”

다른 사브 한 대가 천천히 그들을 지나며 접촉을 시도했다.

파울이 말했다.

“좋아. 크리스마스 이브, 우리 집에 와.”

라스무스는 길가에 멈춰 선 차를 흘끗 바라보며, 잠시 산만해졌다.

“이브에요? 그땐… 가족과 함께 보내는 거 아닌가요?”

그 순간, 운전자가 몸을 기울이며 차문을 반쯤 열었다.

파울은 성가신 듯 고개를 돌렸다.

천천히 차로 다가가 말없이 문을 닫고 돌아왔다.

“제발. 중요한 얘기 중이거든요. 곧 가요.”

다시 라스무스를 향해, 잔잔하게 말을 이었다.

"성탄절은 물론 가족과 보내야지. 하지만 '가족'이 뭔지 정의해본 적 있어? 우리에겐… 그게 조금 다를 수 있어."

차에서 다시 경적이 울렸다.

파울은 짧게 숨을 들이쉬곤 신문지를 찢고 어디선가 꺼낸 펜으로 무언가를 휘갈겼다.

손끝이 서늘한 바람을 가르며 라스무스에게 쪽지를 건넸다.

"여기. 나중에 전화해."

그는 조수석에 조용히 앉으며 운전자에게 물었다.

"그런데 누구를 태울 건가요? 재요, 아니면 저요?"

운전자는 고개를 끄덕이며 말했다.

"저 사람이요."

파울은 고개를 흔들며 중얼거렸다.

"제기랄. 또 이러네…."

한숨을 깊게 내쉰 뒤, 차 문을 열고 내렸다.

라스무스에게 다가와 문손잡이를 쥐여주며 말했다.

"타. 이 고물차에. 저 남자는 네 서야."

잠시 멈췄던 파울의 목소리가 다시 부드럽게 흐른다.

"서른다섯? 마흔쯤 됐지. '헤테로'. 애 셋 있을 거야. 나중에 꼭 전화해. 좋은 시간 보내."

라스무스가 차에 오르자, 차는 천천히, 마치 머뭇거리듯 움직이기 시작했다. 운전자는 라스무스의 허벅지를 가볍게 쓰다듬었다.

라스무스는 눈을 감고 조용히 웃었다.

인도에는 파울이 여전히 서 있었다. 그의 눈앞에, 다시 파란 사브가 다가왔다. 그는 담배를 비벼 끄며 무표정하게 차로 다가갔다. 운전자를 거의 쳐다보지도 않은 채, 낮은 목소리로 물었다.

"그럼… 뭘 좋아하세요?"

굶주린 시선이 그의 몸을 훑고 지나갔다. 그는 고개조차 돌리지 않고 말했다.

"알아서 하세요. 운전이나 하시고."

노인은 말없이 가속 페달을 밟았다. 인생은 어쩌면 단순하다. 갖고 싶은 걸 가질 수 없다면, 가질 수 있는 것만 원하면 된다. 그리고 가을이 가면, 겨울이 온다.

사라는 성탄절 장식을 준비하고 있었다. 곁에서는 하랄드가 뉴스 프로그램 '라포르트'를 보고 있었다. 앵커 벵트 외스테는 카메라를 정면으로 응시하며 헤드라인을 또박또박 읽어 내려갔다.

"가나의 내전은 끝났지만, 기근으로 수백만 명이 고통받고 있습니다. 현지에선 구호 활동이 시작되었습니다…."

사라는 크고 작은 인형들을 거실과 부엌, 복도의 구석구석에 하나씩 정성껏 배치해 나갔다. 창가에는 이끼와 작은 돌로 풍경을 만들고 그 위에 솜을 얹어 눈처럼 보이게 했다. 작은 악보를 든 인형들은 합창단처럼 모여, 마치 눈 오는 마을 어귀에서 노래라도 부를 것 같았다.

"노사 협상에서 회사 측이 10% 삭감안을 재조정하며 일부 후퇴했다는 소식입니다….."

인형 몇은 마주보게, 또 몇은 바위 뒤에 숨은 듯 배치했다. 엄마의 손길 아래, 장식은 하나의 작은 세계를 이루었다. 그 손끝에는 사랑이, 기다림이, 그리고 오래된 이야기들이 묻어 있었다.

"하랄드, 와서 좀 봐요. 사랑스럽지 않아요?"

하랄드는 잠시 TV에서 눈을 떼고 인형들을 힐끔 바라보았다. 대꾸 몇 마디에 사라는 손을 휘젓고 웃어 넘겼다. 고요한 전등 아래서, 작은 세계는 점점 완성되어갔다.

"인공위성 코스모스호가 대기권 재진입 중 사라졌습니다. 스웨덴 정부는 대기권 내 핵실험 금지를 강력히 주장하고 있습니다….."

사라는 술병을 든 인형 하나를 이끼 사이에 꽂으며 말했다.

"얘는 사계절 내내 취해 있는 술꾼이에요. 안 쓰러지게 잘 세워야 해."

그녀는 작은 인형 하나하나에 생명을 불어넣듯 말을 건넸디. 그 순간, TV에서 낯선 단어가 흘러나왔다.

"치명적인 질병이 미국에서 유입되었습니다. 동성애자 사이에서 집중적으로 발병 중이며, 확산 가능성이 있습니다….."

그러나 아무도 듣지 못했다. 엄마는 여전히 솜을 손끝으로 감싸쥐고 있었고 하랄드는 화면을 응시했지만 마음은 딴 데 가 있었다.

외스테의 목소리는 변함없이 차분했고 마치 세상의 폭풍 속에서 유일하게 흔들리지 않는 등대 같았다. 사라는 그 목소리를 좋아했다. 잠들기 전, 뉴스 소리를 틀어놓는 게 어느새 습관이 되었다. 이날도 뉴스는 조용히 흘러갔다. 기근, 협상, 외교, 그리고 마지막에 짧게 스쳐 지나가는 단어는 AIDS.

사라는 다시 인형 상자를 열었다. 라스무스가 어릴 적부터 하나하나 모아온 인형이 그 안에 들어 있었다. 그녀는 말했었다.

"베름란드에선 요정을 믿는다니까. 우리 집 근처에도 하나쯤 살고 있을 거야."

이번 성탄절은 사라에게 특별했다. 라스무스가 온다. 두 여동생도 함께 올 테지만, 사라가 진심으로 기다리는 이는 오직 아들이었다. 사라는 이 작은 인형들이 라스무스에게 다가가는 다리가 되어주기를 바라며 나무에 장식을 하고 있었다.

그때 전화벨이 울렸다. 사라는 수화기를 들었다. 단지 익숙한 목소리 하나만으로도 마음이 따뜻해졌다.

"안녕, 아가야…."

미소가 번졌고 눈가엔 금세 눈물이 맺혔다. 창고에서 꺼낸 장식 상자를 만지작거리며, 그녀는 아들과 조심스레 대화를 이어갔다. 방 안은 고요했고 따뜻했다. 가족이 있고 남편이 있고 TV와 담요, 그럭저럭 삶은 안온했다.

그러나 그 순간, 라스무스가 말했다. 이번 성탄절은 스톡홀름에서 보내고 싶다고. 친구와 함께 보내고 싶다고.

엄마의 손길이 멈췄다. 손에 들고 있던 인형도, 이끼 위에 얹던 솜도 모두 일순간 정지했다. 그리고 거의 비명처럼 외쳤다.

"무슨 말이냐. 성탄절엔 집에 와야지. 성탄절인데!"

장식을 꾸미던 손길이 갑자기 거칠어졌다. 인형들을 쓸어버릴 듯한 움직임. 그녀가 소중히 쌓아온 삶이, 단 한마디 말로 거부당한 듯했다.

하랄드는 짜증 섞인 목소리로 말했다.

"그만 좀 소리 질러. 도대체 무슨 얘길 하는 거야?"

"AIDS는 미국에서 유입되었고 스웨덴에서도 첫 환자가 발생했습니다….'"

뉴스는 계속해서 흘러나왔다. 그러나 그들의 귀엔 닿지 않았다.

"친구는 다른 날 만나면 되잖니? 성탄절은 가족과 보내는 거야. 모두 온다고. 홀게르도, 크리스티나도…"

하랄드는 수화기를 빼앗으려 했고 엄마는 끝까지 손에서 놓지 않았다.

"라스무스야, 아빠도 화가 많이 났단다. 성탄절엔 집에 꼭 와야 해."

그녀의 목소리는 더 이상 애원이 아니었다. 거의 명령처럼 강하게 울렸다.

하랄드도 참지 못하고 수화기를 들려 했지만,

"AIDS는 현재 치료법이 없습니다. 스웨덴에서 두 명의 확진자가 발생했습니다."

"질병은 면역 체계를 파괴하며, 주로 동성애자들 사이에서…."

그 모든 뉴스는 그들의 리빙룸을 스쳐 지나갔지만 아무도 듣지 못했다. 라스무스는 결국 전화를 끊었다.

사라와 하랄드는 한참을 멍하니 서 있었다.

TV에서는 여전히 외스테의 차분한 음성이 흘러나왔다.

"가나는 식량이 부족해 수백만 명이 국경을 넘어 피난 중입니다."

"백오십만 명의 공무원을 대상으로 한 협상은 내일 결렬될 것으로 보입니다."

"인공위성 코스모스호는 대서양에 추락했습니다."

"스웨덴에서 AIDS 확진자가 나왔습니다."

"치명적 질병이 동성애자 사회에 확산되고 있습니다."

모든 게 한낱 뉴스에 불과했다. 가나의 기근도, 위성도, 노조 협상도, AIDS도. 그들에게는 '지금 여기'의 일이 아니었다. 스웨덴이라는 그중에서도 코퓜이라는 이 고요하고 평온한 마을은 그 모든 일과 무관한 것처럼 보였다. 그러나 곧, 그 모든 것이 그들의 삶을 송두리째 바꿔놓게 되리라는 걸 그들은 몰랐다. 라스무스가 남긴 침묵만이 작은 인형들 사이를 지나, TV 화면을 건너, 그들의 마음 위로 천천히 가라앉고 있었다.

브리타와 잉마르 닐손도 저녁 뉴스를 보고 있었다. 하지만 다른 집들과 달리, 거실에는 성탄절 장식이 없었다. 여호와의 증인인 그들은 성탄절을 축하하지 않았다. 예수는 12월 25일에 태어나지도 않았으며 생일을 기념하라고 가르친 적도 없기 때문이다. 그들에게 생일이란 자기를 헛되게 높이는 위험한 의식이었다. 어떤 생일도 경계했다. 기억할 이유도, 축하할 이유도 없다고 믿었다. 그럼에도 뉴스는 봤다. 브리타는 회색 털실로 아들에게 줄 양말을 뜨고 있었다.

뉴스 앵커 벤트 외스테가 '가나의 기근, 공무원 노조의 교착 상태…'를 언급하자, 잠시 고개를 들어 TV를 바라보았다. 공무원 노조 협상 이야기가 나올 땐 조금 더 집중했다. 잉마르가 시청 청소부로 일하고 있었기 때문이다.

뉴스 중반, 낯선 이름의 병이 소개되었다.

AIDS.

화면은 뉴욕 그리니치 빌리지의 거리로 전환되었고 창백한 얼굴의 남성들, 붉은 반점, 카포시 육종이 비쳤다. 쓰러져가는 청춘. 침묵 속에서 천천히 무너지는 젊음.

잉마르는 숨을 깊게 내쉬며 말했다.

"이런! 페스트 같은 역병으로 세상이 끝장날지도 몰라."

브리타는 뜨개질 바늘을 움켜쥐고 낮은 목소리로, 확신에 차 말했다.

"부도덕하게 살았잖아. 그 결과지."

그녀는 성경 구절을 떠올렸다. '간음하는 자는 벌을 받으리라.'

잉마르도 고개를 끄덕였지만, 그의 눈에는 약간의 망설임이 맺혔다.

"그래도…, 불쌍하긴 해."

브리타는 자리에서 일어났다. 단호한 손길로 TV를 껐다.

"더 볼 것도 없네."

그리고 다시 자리에 앉아 뜨개질에 집중했다. 사각거리는 털실 소리만이 방 안을 채웠다.

그 바로 그 시간, 스톡홀름. NK 백화점 앞. 그들의 아들, 베니아민이 진열장을 바라보고 있었다. 반짝이는 성탄 장식, 점점 커지는 음악, 포장된 선물, 오가는 사람들의 웃음. 그는 한참을 망설이다, 결국 문을 밀고 안으로 들어섰다. 1층, 넥타이 진열대. 그는 하나를 조심스럽게 집었다. 그리고 점원에게 물었다.

"…이거, 성탄절 선물로 포장해주실 수 있을까요?"

말이 입 밖으로 나오는 순간, 그는 어깨를 움츠렸다.

'성탄절 선물.'

어린 시절부터 금기라고 배운 단어였다. 입으로 옮기는 것만으로도 죄를 짓는 기분이었다. 하지만 점원은 환하게 웃으며 보라색 포장지에 넥타이를 곱게 싸고 금빛 실로 정성껏 묶어 건넸다.

"여기 있습니다. 성탄절 잘 보내세요."

베니아민은 고개를 숙였다. 잠시 망설이다,

"…음, 성탄절 잘 보내세요."

작은 목소리로 답했다. 그리고 재빨리 백화점 문을 빠져나왔다. 한 손에는 작은 선물 상자 하나. 보라색 종이, 금빛 실. 그는 한 걸음 앞으로 나아갔다. 조심스럽고 작은 걸음이었지만, 여태 삶과는 전혀 다른 방향이었다. 나중에 그는 알게 될 것이다. 이 작디작은 시작이 얼마나 거대한 전환점이었는지를.

금기를 한 번 깨면, 나머지는 그리 어렵지 않다는 걸. 그 순간, NK에서 몇 블록 떨어진 아스토리아 극장. 관객들이 천천히 문을 나서고 있었다. 입구에는 대형 포스터가 걸려 있었다.

"잉마르 베리만의 마지막 작품, 파니와 알렉산더"

세 시간 반의 긴 상영. 며칠 전 개봉한 이후 계속 매진이었다. 조명이 켜지는 순간, 관객들은 참았던 박수가 터졌다. 마치 스크린에 마지막 인사를 건네듯. 그리고 극장 문을 나서는 사람들 속에, 이날의 잔상이 하나씩, 조용히, 마음에 남았다.

어떤 장면에서, 구스타브 아돌프 역의 얄 쿨레가 나직히 입을 열었다.

"죽음은 어느새 찾아와, 혼돈의 문을 활짝 열고 폭풍은 으르렁거리며 몰아치고 재앙은 어느 틈엔가 우리 곁에 머문다오. 우리는 그 모든 것을 외면한 채, 에크달 가족처럼 회피하고 변명하오."

극장은 긴 여운 속에 박수로 가득 찼고 관객들은 어둑한 12월의 거리로 스며들 듯 사라졌다.

인파 틈에서 두 사람, 파울과 세포는 장갑을 끼고 스카프를 두른 채 걸어 나왔다. 파울은 담배를 꺼내 불을 붙이며 말했다.

"그런 평범한 재료로 이렇게 맛있는 요리를 만들었을까?"

그들은 말없이 감동을 나누었고 크리스티나 스콜린의 연기에 감탄을 금치 못했다. 그녀의 독일 사투리는 시 한편처럼, 그들 마음 깊은 곳에 잔잔한 파문을 일으켰다.

동짓달, 차가운 겨울밤이 깃들고 성탄절이 서서히 다가오고 있었다. 한 해가 저물어 가는데 이 해 역시 그들의 삶은 평탄하지 않았다. 스스로 선택했고 고단한 싸움을 이어갔다.

'이 세계는 도둑들의 소굴, 밤이 찾아오면 모든 것이 어둠 속에 잠긴다'라는 베르만의 말을 그들은 알고 있었다. 한편, 모르는 것도 있었다. 곧 몰아칠 폭풍과, 미친 개처럼 달려오는 악의 형체를. 그리고 그 어둠이 자신들의 삶마저 삼켜버릴 것이라는 걸.

라스무스는 알았다. 작은 알라딘 초콜릿 상자 하나, 그것 하나만 들고 가는 게 얼마나 초라한지. 하지만 아무것도 준비하지 않는 것보다는 나았다. 알라딘, 비엔네르 누가, 혹은 노블레세.

누군가는 그런 걸 하나쯤 선물로 들고 갔다. 그는 비엔네르 누가를 좋아했지만, 그 달콤함 뒤에 남는 쓴맛은 피하고 싶었다. 그래서 결국 알라딘을 골랐다. 손에 무엇인가 있어야만 '빈손으로 온 사람'이라는 낙인이 찍히지 않을 테니까. 이번 성탄절 전야는 그가 기억하는 어느 해와도 달랐다.

코폼 집의 성탄절은 아침이면 아버지가 끓인 리스그뢸[7]을 먹고 어머니가 인형 옆 촛불을 켜며 '불 난다!'고 아버지와 다투었다. 그 뒤엔 사우나를 데우고 '신사'처럼 차례로 들어가 몸을 녹였다. 어머니는 집안을 온통 작은 인형들과 전구로 채우며 라스무스가 세

7　risgröt, 우유가 들어간 부드럽고 달콤한 쌀죽으로, 스칸디나비아 반도의 크리스마스에 빠지지 않는 음식이다.

상의 중심임을 알렸다.

"넌 내 삶의 의미야."

커튼을 걸며, 그렇게 말했었다. 하지만 지금 이모네 부엌 장식은 너무도 달랐다. 이모 크리스티나는 성탄절 트리도 준비하지 않았고 그저 유카 화분에 빨간 전구 몇 개를 감고 반짝이를 흩뿌렸다.

라스무스는 오전 열한 시가 다 되어야 일어났다. 속옷에 양말만 신은 채, 조용히 집안을 어슬렁거렸다. 세 시가 되자 혼자 TV를 켰고 매년 똑같이 방송하는 도날드 덕 만화를 보았다.

그 순간, 옛 성탄절이 떠올랐다. 늘 같은 보드게임, 서툰 춤 제안, 그리고 먹지 않던 호두와 파세르 그린 비즈 초콜릿. 그 모든 전통과 따뜻함, '가족'이라는 이름의 무거운 상투성이 이제는 그에게 더 이상 존재하지 않았다. 그는 마음속 깊이 결심했다. 다시는 돌아가지 않으리라.

파울의 초대에 그는 거절하지 않았다. 그저 조용히, '응.'이라고 대답했을 뿐이었다. 그 대답은 단순한 수락이 아니었다. 결정이었다.

'나는 더 이상 그 아이가 아니다.'

한 번쯤은 부모를 낙담시키고 그들도 알게 해야 했다. 아들이 이제 다른 삶을 살고 있음을, 완전히 다른 사람이 되었음을. 그것은 마법 같았다. 그는 이제 스톡홀름이 고향처럼 생각했다. 베름란드 억양이 조금 남아도 괜찮았다. 누군가 고향이 어디냐 묻는다면, 어깨를 으쓱이며 대답했다.

"그게 뭐가 중요해?"

진심이었다. 빌어먹을 코폼을 왜 기억해야 하는가? 그곳에서 잘 해주지 않았던 사람들, 돌아갈 수 없는 골목들, 하얗게 눈 내린 겨울들. 그 모든 것들을 왜 간직해야 할까? 그는 더 이상 거기에 속하지 않았다. 머릿속에서도, 마음에서도 그 기억은 서서히 지워졌다. 손에 든 알라딘 초콜릿 상자 하나. 그것이면 충분했다. 그가 진정 속하고 싶은 곳으로 들어가기 위한 작지만 소중한 입장권이었다.

오리엥에서 오모트포르스까지, 도로 양옆으로 작은 집들이 서로 몸을 기댄 채 다닥다닥 붙어 있었고 좁은 길은 자연스럽게 속도를 늦추게 만들었다. 창밖으로 스쳐 지나가는 풍경은 지극히 평범했다. 기억에 남을 만한 것도, 마음을 붙잡을 만한 것도 없었다. 토르트랙터 서비스 센터, 아스트리드의 헤어 살롱, 카페 필립네스. 그뿐이었다. 이 작은 마을은 젠장, 아무것도 없었다. 그러나 바로 여기서, 라스무스는 생애 처음으로 성탄절을 맞는다. 새롭게 태어난 라스무스. 도시의 공기를 마시며 숨 쉬는 라스무스. 게이 라스무스. 비로소 진짜 '자기 자신'이 된, 그.

이모 크리스티나는 해마다 그랬듯, 코폼으로 떠났고 라스무스는 처음으로 스톡홀름의 아파트에 혼자 남았다. 문을 열어둔 채 욕실에서 한 번, 부엌 싱크대 옆에서 또 한 번, 그는 스스로를 어루만졌다. 접촉 없는 나날 속에 외로움은 서서히, 그러나 확실히 차곡차곡 쌓여 갔다. 스톡홀름에 온 지 석 달. 아직 마음을 열 수 있는 친구는 하나도 없었다. 예술사 수업에서 만난 몇몇과 커피를 마셨고 클럽 티미에서 사람들과 웃으며 수다도 떨었지만, 대부분의 시간은 이모 집에서 몇 블록 떨어진 비킹 사우나와 클라라 노라에서 흘러갔다.

그곳에서 만남은 언제나 짧고 간결했다. 이름도, 말도 필요 없는 관계들. 질문이 적을수록, 덜 아픈 법이었다. 짧은 순간, 가장 깊은 곳까지 닿지만 돌아서면 모든 게 사라지는 관계. 아무 흔적도, 아무 감정도 남지 않았다. 그저 익명 속에 숨은 채, 조용히 사라질 뿐. 그래서였을까. 라스무스는 오늘이 설레었다. 처음 만나는 사람들과 보내게 될 성탄절 전야. 그 어느 때보다도 마음이 부풀어 올랐다.

그 설렘은 고등학교 첫 등교처럼, 스톡홀름행 기차에 처음 몸을 실었을 때처럼 모든 것이 새로워질 것 같은 예감에서 비롯된 것이었다. 어쩌면 오늘이 문턱일지 모른다. 누군가는 '라스무스'라는 이름을 기억하게 될 것이고 그가 어떤 사람인지도 알게 될 것이다. 혹은 그가 먼저 손을 내밀어 누군가를 '친구'라 부를 수 있게 될지도 모른다. 라스무스는 태어나 처음으로 시간을 기다리고 있었다.

그는 옷을 세 번이나 갈아입었고 그럴 때마다 마음에 들지 않았다. 담배를 피울 때마다 이를 닦았고 결국 선택한 것은 소매 없는 검은 티셔츠, 흰 리(Lee) 재킷, 그리고 흰 바시.

눈에 띄는 것도, 무시당하는 것도 싫었다. 무엇보다도, 여성스럽게 보이고 싶지 않았다. 게이 커뮤니티의 서열은 금세 파악할 수 있었다. 남성다운 남성일수록 선택받고 여성적인 남성은 클럽의 가장자리에 남겨져 "This Is My Life"를 홀로 부르며 춤췄다. 가슴이 무너져 내려도, 아무도 다가오지 않았다.

너무도 간단한 규칙. 익명의 게이와 성탄절을 보내고 싶다면, 그들이 좋아할 만한 모습으로, 그들이 원하는 방식으로 꾸며야 했다. 거울 앞에 선 라스무스는 숨을 고르며 마지막 점검을 했다. 짧게 자른 머리는 레드와인 컬러로 염색했고 왼쪽 귀엔 금빛 귀걸이를 걸었다. 흰 재킷과 바지, 팔에는 매일 아침 팔굽혀펴기로 다듬은 근육이 드러났다. 그의 눈동자는 깊고 차가운 바다를 닮아 푸른빛이었다. 거울을 응시하다가, 갑자기 딸꾹질을 하더니 거울을 향해 외쳤다. 그것은 선언이자 기도였고 약속이자 외침이었다.

"내 이름은 라스무스 스톨이다. 세상 사람 모두가 날 사랑해 줬으면 좋겠어."

파울은 여섯 시에 오라고 했지만, 라스무스는 일부러 늦게 출발했다. 아파트 안에서 천천히, 몸을 데우듯 시간을 흘려보냈다. 일곱 시 십오 분 전, 갑자기 초조했다. 지하철이 얼마나 자주 오는지도 몰랐고 오늘 같은 날 운행하는지 조차 몰랐다.

예상대로 한산한 기차역에서 그는 오랫동안 기다려야 했고 결국 일곱 시 반이 되어서야 마리아토르게트 역에 도착했다. 에스컬레이터를 타고 올라오자, 스베덴보리스 거리는 온통 겨울의 얼굴을 하고 있었다. 하늘은 잿빛으로 무거웠고 거리는 보라빛으로 물들어 있었다. 이모 크리스티나는 이 계절을 '스톡홀름 겨울'이라 불렀다.

파울은 티미 클럽 근처, 상트 파울스가에 살고 있었다. 스톡홀름에 와서 맨 처음 클럽에 가던 날 바로 이 집을 지나쳤었다. 그때 현관문 옆 배전함엔 팔메 총리의 캐리커처가 그려진 포스터가 붙어 있었는데 여전히 그대로였다.

승강기를 타고 4층에 도착하자, 구리색 명패에 'GOLDBERG'라 새겨진 문 너머로 웃음과 음악이 흘러나왔다. 라스무스가 초인종을 누르자, 문이 열렸다.

파울은 웃고 있었다. 술기운이 오른 듯, 붉어진 얼굴. 촉촉한 입술, 반짝이는 눈.

"라스무스! 오 마이 갓. 정말 왔구나. 어서 들어와! 꿔다 놓은 보릿자루처럼 서 있지 말고!"

파울은 그를 안으로 끌어당기며, 가볍게 입을 맞추었다. 라스무스는 수줍게 알라딘 초콜릿 상자를 내밀었다.

"사 온 거야…."

"귀여워. 진짜 너무 귀여워."

파울은 웃으며 상자를 받아들었고 라스무스는 조심스럽게 신발을 벗고 재킷을 벗어 옷걸이에 걸었다.

"뭘 사야 할지 몰라서… 미안해요."

"괜찮아! 알라딘 초콜릿은 최고야. 난 늘 땅콩 세 알로 시작하거든. 같은 동작을 반복하는 여성 노동자들을 생각하면서. 그들의 노고를 잊지 말아야 해."

파울은 초콜릿 상자를 들어 보이며 웃었고 라스무스는 그의 뒤를 따라 거실 안으로 들어섰다. 거울을 스치며 지나가던 순간, 무심코 머리카락을 한 번 더 쓸어 넘겼다. 문득 마음이 준비되지 않은 것이 들켜버린 것 같아, 조금 당황했다.

거실 중앙, 샹들리에 아래에는 녹색 셀룰로이드 리본이 부드럽게 늘어져 있었고 창가에는 금빛 반짝이 장식이 살랑거리며 빛을 반사하고 있었다. 모자만 쓴 작은 군인 인형들이 줄지어 서 있었고 그 뒤로는 크고 작은 천사 인형들, 어떤 것은 날개를 달았고 어떤 것은 나체로, 천상의 무리를 흉내 내는 것 같았다. 파울이 정성을 다해 배치한 것 같았다. 성탄 장식들은 크기와 색깔이 제각각이었지만, 그 모든 다채로움이 마치 오래전부터 이 자리를 지켜온 듯 자연스러웠다. 방 한쪽 구석의 트리에는 빨강, 파랑, 노랑의 작은 전구들이 조용히 반짝이며 숨을 쉬고 있었다.

의자와 소파, 벽에 등을 기댄 채 앉은 남자가 넷이 있었다. 라스무스는 그들 중 아무도 본 적이 없었다. 파울이 라스무스의 손을 잡으며 웃었다.

"주목! 라스무스야. 베름란드에서 막 도착했지. 너희가 생각하는 것보다 훨씬 많이 초콜릿도 사 왔어."

그리고는 손가락으로 가리키며 한 사람씩 소개를 덧붙였다.

"벵트, 소 엉덩이 같은 자식이지! 이쪽은 벵트, 그리고 레이네, 라르스-오케, 세포야."

남자들은 순서대로 라스무스를 향해 고개를 끄덕이며 인사를 건넸다. 그중 레이네가 자리에서 일어나 공손하게 손을 내밀었다. 그는 키가 그리 크지 않았지만, 눈동자는 검고 깊었으며, 광대뼈는 도드라졌고, 머리카락은 짙은 흑갈색이었다. 그의 얼굴을 보는 순간, 라스무스는 오래전에 키웠던 강아지를 떠올렸다. 어떤 강아지였는지는 기억나지 않았지만, 마음속 깊은 어딘가가 스치는 듯 아려왔다.

파울이 '소 엉덩이 같다'고 말한 벵트는 세포의 무릎을 베고 누운 채, 마치 세상의 중심이라도 된 듯 느긋하게 자리를 차지하고 있었다. 그는 왕처럼, 영토가 제 것이라는 듯 당당했다. 라스무스는 그 분위기를 읽어야 했다. 누가 중심인지, 누가 가장 시선을 많이 받는지, 이곳에서 살아남으려면 본능을 다해야 했다.

세포는 라르스-오케의 어깨에 자연스럽게 손을 얹고 있었다. 손 끝의 거리, 고요한 시선, 공기의 밀도는, 그들이 연인이라는 걸 충분히 암시했다. 둘 다 서른 즈음 되어 보였고 라르스-오케는 단정한 라운드 셔츠에 안경을 쓰고 콧수염을 길렀으며, 세포는 약간 통통한 체형에 대머리였고, 미소가 온화했다.

벵트는 라스무스보다 약간 연상 같았다. 그는 느긋하면서도 유려한 자세로 세포 무릎에 누운 채, 라스무스를 똑바로 바라보았다. 그 시선은 누군가를 해석하려는 조심스러운 탐색이었다. 라스무스가 무심코 눈길을 피하자, 벵트는 그걸로 충분하다는 듯 입꼬리를 천천히 올렸다. 그리고 곧, 다른 곳으로 시선을 돌렸다. 그 미소에는 흥미와 판단, 그리고 약간의 장난기까지 서려 있었다.

그 순간, 라스무스는 불현듯 이상한 생각이 떠올랐다. 오늘 밤, 어쩌면 벵트와 함께 잘 수도 있겠다는.

그 생각에 낯설고도 부끄러워서, 그는 괜스레 옷깃을 매만졌다.

"아! 여기, 베니아민도 있어."

파울이 주위를 두리번거리며 말했다. 그 말이 끝나기가 무섭게, 부엌 쪽에서 누군가 걸어나왔다. 베니아민이었다. 키친타월을 들고 있었고 방금 엎질러진 샴페인을 닦으려던 모양이었다. 그는 전도를 나설 때처럼 단정하게 차려입고 있었는데, 전혀 부자연스럽지 않았다. 오히려 그런 '단정함'이 그에겐 너무 자연스러웠다.

라스무스는 본능적으로 조금 물러냈고 다소 떨어진 자리에 조용히 앉았다. 낯선 공간, 낯선 사람들. 그 낯선 틈새 속에서, 이상하리만치 익숙한 어떤 존재 베니아민. 파울이 웃으며 자연스럽게 소개했다.

"여긴, 베니아민이야."

그 순간, 라스무스는 조용히 고개를 돌려 베니아민을 바라보았고, 베니아민은 마치 무언가에 사로잡힌 사람처럼 그대로 걸음을 멈추었다. 두 개의 선이 드디어 만나는 자리. 방 안의 소음이 희미해지고 공기마저도 착 가라앉은 듯했다. 심장은 낮게, 묵직하게 울리고 시야는 점점 선명해졌다.

살면서 내내 기다렸던 사람. 지금, 바로 이 자리에 있었다.

라스무스는 문득 깨달았다. 이곳이 최종 목적지였다는 것을. 베니아민도 마찬가지였다. 여호와의 이름을 전하고자 이 도시의 문을 두드렸다고 믿었지만, 실은 이 남자 라스무스를 찾고 있었던 것이다.

"여기서 뛰어내리면 죽을까요?"

"그러지 않는 게 더 좋겠어."

아버지의 말에 베니아민은 점프를 포기했다.

그때는 정말이지 선택의 여지가 없었다. 그는 방파제 가장자리에서 몸을 앞으로 조금만 더 기울였어야 했다. 그리고 마침내, 뛰어내렸어야 했다.

초여름이었다. 그들은 해변 가까이, 방파제 곁에 있었다. 오랫동안 불어온 바람은 바닷물을 차갑게 식혀 놓았지만, 햇빛은 벌거숭이 남매의 살갗을 따뜻하게 감싸주고 있었다. 베니아민은 바다로 몸을 던졌고 금세 잠수해 들어갔다. 물속에서의 몇 순간이 지나자, 그는 다시 물 밖으로 뛰쳐나와 모래사장을 달렸다. 어머니는 미리 수건을 펼쳐놓고 기다리고 있었고, 아들은 수건 속으로 파고들었다. 어머니는 젖은 아들을 꼭 껴안았다.

뛰어들기와 포옹. 아들이 뛰어들고 어머니가 품었다. 둘은 그 순간 하나였다.

"베니아민! 거기 바보처럼 서 있을래? 라스무스에게 인사해야지!"

파울의 농담 섞인 외침에 정신을 차린 베니아민은 여호와의 증인다운 진지한 태도로 라스무스에게 다가가 악수를 청했다. 잘 다려진 슈트를 입고 환하게 웃으며, 신중하게 손을 내미는 모습은 무언가를 팔려는 사람처럼 보였다. 그래서 라스무스는 베니아민이 자신보다 열 살은 많을 거라 생각했다. 사실, 그들은 동갑이었다.

"베니아민이 너한테 플러팅하고 있어! 라스무스, 오늘 네가 우승이야!"

파울이 장난스럽게 농을 쳤다. 벵트는 그런 파울의 팔을 발끝으로 가볍게 툭 쳤다.

"네가 우승이라고 생각해!"

파울은 손을 저으며 웃었다.

"오늘 나는 장려상이야!"

그는 껄껄웃었고, 그제야 모두 긴장을 풀었다. 웃음이 잠시 방 안에 가득찼다. 바로 본래대로 돌아왔다.

베니아민은 누운 벵트를 조심스럽게 피해가며 바닥에 쏟아진 샴페인을 닦았다. 레이네는 자리에서 벌떡 일어나 안락의자를 라스무스에게 내주었다.

"좋아, 촌놈! 멀드 와인 마실래?"

파울은 라스무스를 향해 묻고는 블렌드 담배에 불을 붙였다.

"예, 음… 좋아요."

라스무스는 조심스럽게 머뭇거리며 대답했다.

"안 좋아. 여긴 멀드 와인 없어. 샴페인만 있네."

파울은 생각 없이 웃으며 외쳤다.

"벵트! 이 촌뜨기를 위해 잔 하나 가져와!"

벵트는 짧게 한숨을 쉬고는 마지못해 일어나 주방 쪽으로 걸어갔다. 파울은 능숙한 손놀림으로 샴페인 잔을 정확히 채워 라스무스에게 건네며 계속해서 떠들었다.

"멀드 와인? 최악이지. 오줌에 건포도 넣은 것 같아. 진짜 성질만 나."

그는 진절머리 치듯 몸을 살짝 움츠리며 말했다.

그리고는 잔을 높이 들며 외쳤다.

"건배, 모두들!"

방파제 근처, 해변은 저녁 햇살에 천천히 물들고 있었다. 부드러운 바람에 밀려온 파도는 부서지는 금빛을 머금고 있었고 그 곁에서 베니아민과 마르가레타는 조용히 돌을 줍고 있었다. 둥글고 매끈한, 손에 착 감기는 작은 돌들.

그들은 하나씩 골라 바다를 향해 던졌다.

무언가를 지우려는 듯, 혹은 닿지 않은 내일을 향해 조심스레 마음을 던지듯. 아이들의 손과 몸짓은 좀처럼 멈출 줄 몰랐다. 던지고 또 던지고.

해변을 스치는 바람과 파도는 그들의 웃음소리를 싣고 저녁 하늘 끝으로 흘려보냈다. 그러나 곧, 그 파도를 가로막는 목소리가 있었다. 어머니였다.

"자러 갈 시간이야, 애들아."

"조금만 더요. 아직 잘 시간은 아니잖아요."

마르가레타가 허리를 굽히며 조심스럽게 말했다. 베니아민은 여전히 손에 쥔 돌을 던지며 낮게 중얼거렸다.

"아니야, 여름이라서 아직 밝을 뿐이야."

그 말 속에는 어린 마음의 간절한 아쉬움과, 어렴풋한 현실의 무게가 동시에 실려 있었다. 시간이란 그런 것이었다. 아직 괜찮을 것 같지만, 결국에는 반드시 돌아가야 하는 곳이 있었다.

잠시 후, 베니아민은 조심스레 라스무스를 향해 물었다.

"베름란드 출신이에요?"

말이 입 밖으로 나오자마자, 그는 자책했다.

첫 만남이었지만 라스무스의 억양은 낯설지 않았다. 라스무스가 답하기도 전에, 어김없이 파울이 대화를 가로막았다. 언제나처럼, 이야기의 중심은 그였다.

"오늘 모인 사람들, 진짜 곳곳에서 왔지! 레이네는 보후슬렌 출신이고 아버지는 어부야. 벵트는 옘틀란드에서 왔고 곧 배우가 될 거야. 빅스타지, 뭐."

그는 장난스럽게 벵트를 향해 윙크했고 벵트는 약간 당황한 듯 웃으며 시선을 피했다.

"왜 그래, 이제 막 연극학교 들어갔잖아. 3년 후면 졸업이야."

"오호라, 갑자기 겸손해지는군!"

"그만하세요."

"내가 말했잖아, 넌 스타가 될 거라고. 자, 여긴 세포. 핀란드에서 왔고 지금은 라르스-오케랑 사귀는 중."

파울은 손가락으로 사람들을 하나하나 가리키며 마치 수집품이라도 소개하듯 말을 이어갔다.

"나는 유대인이고 이쪽은 베니아민. 여호와의 증인, 최악이지!"

방 안의 공기가 찬물처럼 식어갔다.

말이 멎은 사이, 베니아민을 향한 미묘한 시선들, 그리고 그 정적 속에 고요히 새겨지는 침묵의 낙인. 파울은 저도 모르게 얼굴이 붉어졌다. 숨기고 싶은 속마음을 들킨것 같았다. 파울의 얼굴에는 묘한 미소가 피어올랐다. 승자의 웃음인지, 희귀한 것을 자랑하는 사람의 표정인지, 알 수 없었다.

"진짜야?"

라스무스가 믿기지 않는 듯 물었다.

"진짜야. 『파수대』든 뭐든 다 보여줄게. 브로슈어도 있어…."

베니아민은 무엇인가 설명하려 했지만, 파울이 말을 잘랐다. 그의 손엔, 베니아민이 건넸던 브로슈어가 들려 있었다. 베니아민은 간절한 눈빛으로 파울을 바라보았다.

'내가 뭘 그렇게 잘못했길래, 이렇게 웃음거리가 되어야 하는 걸까?'

그 물음은 그의 눈빛에, 표정에, 고개 숙임에 담겨 있었다. 라스무스의 미묘한 표정, 그 짧은 찡그림 하나에도, 마음이 툭 무너져 내렸다. 조용히, 베니아민은 등을 돌렸다. 어깨를 으쓱이며 아무렇지 않은 듯 돌아갔지만, 슬픔을 숨기는 발걸음이었다.

"알았어, 알았어. 그렇게 할게."

파울이 웃으며 기침을 했고 샴페인 잔에서 작은 방울이 바닥으로 떨어졌다.

"하여튼, 베니아민도 우리 가족이야. 이번 성탄절 전야는 정말 특별하지. 우리 베니아민이 데뷔하는 날이니까!"

남자들은 웃었다. 그 웃음은 따뜻하지는 않았다. 베니아민은 속절없이 무너지고 있었다. 오래도록 소중히 간직해온 믿음이. 자신의 일부이자 자부심이던 그것이, 낯선 이들의 눈앞에 내던져지는 순간, 그는 아무 말도 하지 않았다. 부서지는 마음의 소리를, 아무도 듣지 못했다. 그날 밤, 그는 파울이 말한 '가족'이라는 말의 무게를 처음으로 의심했다. 소속감이 전혀 들지 않았다. 여전히 혼자였고 외로웠다.

해가 지평선 너머로 천천히 사라지고 있었다. 따스한 빛이 길게 드리워지고 하루의 끝자락이 고요히 집 안을 감쌌다. 베란다에는 브리타와 잉마르가 나란히 앉아 있었다. 두 사람은 말없이 성경을 펼쳐 놓은 채, 익숙하고도 평온한 저녁을 보내고 있었다. 아이들은 잠들었고 집안일도 모두 마무리된 뒤였다. 정돈된 하루의 끝, 그들은 늘 그렇듯 말씀 속에서 안식을 찾고 있었다. 브리타가 맑고 또렷한 목소리로 바울의 서신을 읽기 시작했다.

"하느님 아버지 앞에 무릎을 꿇고 기도합니다…"

그때, 조용한 저녁 공기를 살며시 깨우며 문간에 작은 그림자가 나타났다. 파자마를 입은 베니아민이었다. 희미한 조명 아래, 그의

눈빛엔 알 수 없는 불안이 서려 있었고 주저하듯 머뭇거리며 걸어
왔다.

"무슨 일이니, 아가야? 잠이 안 오니?"

브리타는 웃으며 손을 내밀었다.

"이리 오렴. 내 무릎에 앉아도 좋단다."

베니아민은 조심스럽게 어머니의 품으로 다가가 앉았다. 그 품은
익숙했다. 가벼운 숨결과 고요한 박동이 섞여 흐르는 따뜻한 안식
처. 브리타는 조용히 담요를 끌어올려, 아들의 작은 어깨를 감싸주
었다. 그리고 다시, 부드럽게 말을 이어갔다.

"나는 하늘과 땅에 있는 모든 가족에게 이름을 주신…"

아버지와 어머니가 차례로 말씀을 읽는 동안, 베니아민의 눈꺼풀
은 점점 무거워졌고 작은 숨결은 천천히 깊은 잠으로 흘러갔다. 말
씀은 자장가처럼 그의 마음을 감쌌고 이 순간만큼은 세상이 평온
했고 또 따뜻했다. 잉마르는 자리에서 일어나, 잠든 아들을 조심스
레 안아 들었다. 그의 팔은 단단했고 품은 이불처럼 따뜻했다. 성경
말씀처럼, 온기를 품은 보호의 손길이었다.

"자러 가자, 사랑하는 아들아."

아버지가 속삭이듯 말했다.

베니아민은 눈을 감은 채 작게 대답했다.

"그럴게요…."

그 품 안에서, 베니아민은 감사했다. 어머니의 무릎, 아버지의
품, 그리고 그들 사이에 흐르던 말씀이 주는 평안함. 하지만 동시

에, 설명할 수 없는 두려움이 가슴 한편을 적시고 있었다. 말하지 못한 마음, 아직 다 알지 못하는 세상의 조각들, 그는 그 속에서 깊이 잠들었다.

◆

지금, 그는 스톡홀름의 낯선 집. 이방의 소파 위에 앉아, 낯선 이들과 함께 샴페인을 나누고 있었다. 입에 닿는 유리잔의 감촉도, 잔 안에서 부서지는 거품의 소리도, 모두가 처음이었지만 이상하리만치 어색하지 않았다. 이방인인 자신을 향해 건네는 웃음 속에서, 그는 알 수 없는 온기를 느꼈다. 그들은 서로를 '가족'이라 불렀다. 누구도 그의 과거를 묻지 않았고 그의 경계를 침범하지 않았다.

아버지 잉마르가 평생 가르쳐준 믿음대로라면, 여기 모인 이들은 모두 사탄의 쪽에 선 자들이었다. 단지 다른 삶을 선택했다는 이유만으로, 단지 기쁨을 나누고 있다는 이유만으로, 저편에 있는 존재들이었다. 그는 그 가르침을 수없이 들으며 자랐다. 그래서 지금 이 순간이 베니아민에게는 혼란스러웠다. 게다가 오늘은 성탄절이었다.

베니아민의 집에서는 성탄절을 축하하지 않는다. 트리도, 선물도, 찬송도 없었다. 창가에 초 하나 켜는 것조차 조심스러웠으며, '기뻐한다'는 표정을 짓는 일조차 금지된 듯한 날이었다. 성탄절 밤, 집은 평소보다 더 어두웠고 더 조용했다. 아이들은 살며시 방에 들어갔고 부모는 더욱 조심스럽게 성경을 펼쳤다. 눈웃음조차 경계했다. 허락된 즐거움이라곤 보드게임과 교인들과 나누는 소박한 대화 정도였다. 그마저도 '축하'는 아니었다. 세상이 무엇을 축하하든, 그 애써 모르는 척해야만 했다. 하지만 오늘 밤은 달랐다.

무언가가 조금은 바뀐 듯했다. 완전히 뒤집힌 것도, 그대로인 것도 아니었다. 페이지 한 장을 넘기려다 책등에 머무르는 찰나처럼, 어느 쪽에도 기울지 않은 채, 가만히 있었다.

모든 것이 낯설었지만 한편 너무나 익숙했다. 어색함과 친숙함이 샴페인처럼 섞여 천천히 가슴속을 적셨다. 가족 같았다. 그는 마음속으로 그 말을 되뇌었다. 낯설지만 따뜻한 단어, 금기처럼 배워왔지만 지금 이 자리에서는 가장 선명하게 다가오는 단어. 가족.

베니아민은 이 사실이 기쁘면서도 두려웠다. 베니아민이 여호와의 증인인 줄 알았을 때, 사람들의 반응은 어쩌면 너무도 당연했다. 놀람과 흥미, 빠르게 번지는 불신과 가벼운 조롱. 그리고 그 뒤를 잇는 눈에 보이지 않는 거리감.

그에게는 익숙한 모습이었다. 그런 눈빛이. 호기심, 불신, 조롱, 그리고 경계. 이런 반응은 처음이 아니었다. 그는 사주 공격적인 질문에 시달렸고 그럴 때마다 가능한 한 침착하고 정직하며 짧게 대답해왔다. 감정을 섞지 않고 단정한 말투로. 자신의 신념을 지킬 수 있는 방법은 단 하나였다. 짧고 분명한 문장으로 말하는 것. 흔들리지 않는 말투와 논쟁을 피하는 태도.

"예. 저는 여호와의 증인이에요."

그 한마디에 말이 쏟아져도 그는 자신을 지탱하려 애썼다. 사람들이 웃든, 얼굴을 찌푸리든, 비꼬듯 말하든 그는 흔들리지 않아야 했다. 하지만 지금, 그의 내면 어딘가에서는 익숙한 대답 대신 낯선 감정이 확실히 솟구치고 있었다. 샴페인을 마시며 웃고 있는 사람들 사이에서, 자신도 모르게 잔을 들고 있던 그 순간, 그는 조용히 그러나 분명히 스스로에게 묻고 있었다. 지금 이 순간의 나는 누구인가. 어디에 있는가. 이 질문은 공기 속에서 메아리처럼 맴돌았다. 확신하지 못하고 주저했으며 신념 대신 낯선 감정이 들어섰다. 대답은 아직 넘기지 않은 성경 다음 페이지처럼 아직 알수 없었다. 지금은 알 수 없지만, 페이지를 넘겨 면 알 수 있듯이 곧 알게 되리라.

벵트가 입을 열었다. 그는 말투가 유려했지만, 말에는 작고 날카로운 바늘 하나가 숨겨져 있었다.

"여호와의 증인이면서 동시에 호모일 수 있어?"

베니아민은 이 질문이 도발이라는 걸 알고 있었다. 벵트의 눈동자에는 장난기와 또 약간의 경멸이 섞여 있었다. 방 안의 몇 사람은 이미 시선을 피했다. 애써 아무것도 듣지 못한 척, 아무 일도 없는 듯 하지만 이상하게도, 그 질문이 그를 찌르지는 않았다. 오히려 그는 고요했다. 마치 바람 한 점 없는 호수처럼.

숨을 가다듬고 입을 열었다.

"아니. 그럴 수 없어."

단호한 목소리였다. 그 말에는 수없이 반복해온 자기검열의 흔적이 묻어 있었다. 오랫동안 자신에게만 속삭여온 진실을, 이제 처음으로 타인 앞에 꺼내는 순간이었다. 베니아민은 조용히 고개를 돌렸다. 그리고 방 안에 있는 사람들을 차례로 바라보았다. 누구에게도 고개를 숙이지 않았다. 비판해도 좋고 물어도 좋다는 눈빛. 더는 숨지 않겠다는 결의가, 그 얼굴에 서려 있었다.

정적이 흘렀다. 무겁고 길게, 그러나 의미 있게. 그 침묵을 깨뜨린 것은 라스무스였다. 그는 이마를 약간 찡그리며 물었다.

"그럼, 어떻게 하는 건가요?"

질문에는 분노도, 의심도 없었다. 베니아민은 라스무스를 바라보았다. 대답하기 전, 조금 마른 침을 삼켰다. 목이 잠긴 것 같았다. 아주 단순하면서도 결코 가볍지 않은 말을 꺼냈다.

"선택해야 합니다."

말은 짧았지만, 말보다 더 많은 것이 방 안을 채웠다. 그것은 선언이었다. 신념과 욕망 사이에서, 자신을 갈라야만 했던 모든 밤들의 무게. 한 번 그 길을 떠나면, 다시는 돌아갈 수 없다는 것을 너무 잘 알기에, 떠나지 않으려고 얼마나 많은 것을 감내해야 했는지를, 말없이 고백한 순간이었다.

베니아민의 말이 방 안에 가라앉자, 누구도 쉽게 입을 열지 못했다. 공기조차 멈추는 것 같았다. 베니아민은 아주 잠시, 자신의 손을 내려다보았다. 그 손으로 성서를 들고 수없이 문을 두드렸다. 이제 그 손으로, 무엇을 붙잡아야 할지 몰라 허공을 저었다. 떨림도 없이, 그러나 분명히, 무언가를 놓고 또 무언가를 붙잡으려는 손처럼. 그의 믿음은 여전히 손 안에 있었지만, 그 손바닥 아래로는 이미 다른 무언가가 조용히 스며들고 있었다.

◆

베니아민은 눈을 감았다. 몸이 떨렸다. 선택해야 한다는 사실을 잘 알고 있었다. 하지만 오늘 밤만은 아니었다. 그는 결정을 미루며, 전도할 때처럼 환한 미소를 지었다. 그리고 확신에 차서 말했다.

"더 묻지 말아요. 성탄절에 제가 여기 있는 것만으로도 충분해요. 여호와의 증인은 성탄절을 절대 축하하지 않잖아요?"

"맞아! 여기에 성탄절을 처음 맞는 사람이 있네!"

라르스-오케의 환호가 방 안에 울렸다. 베니아민도 기분이 좋아졌다.

"네! 모든 것을 새롭게 만들어 갈 겁니다. 주님께서 말씀하신 대로."

"술은요?"

벵트가 의심 어린 목소리로 물었다. 베니아민은 안심시키려는 듯 대답했다.

"이제 술도 마실 수 있어요!"

"좋아, 그럼!" 세포가 소리치며 샴페인 잔을 듬뿍 채웠다. 그들은 다시 건배하며 잔을 부딪쳤다.

순간, 파울의 얼굴이 검은 그림자처럼 어두워졌다. 낯빛이 창백해졌고 눈동자가 커졌다. 그는 안경을 벗고 관자놀이를 문질렀다. 그 변화를 세포만이 감지했다.

"괜찮아요?"

세포가 물었다. 파울은 웃으며 고개를 저었다.

"가벼운 감기겠지. 잊어버려. 마시자!"

십 년 후, 파울은 환자복을 입고 변기에 앉아 괴로워하게 된다. 설사가 심해 벽을 붙잡고 비명을 질렀다. 땀에 젖은 손이 벽을 꽉 붙쥐고 손바닥이 하얗게 질릴 만큼 힘을 주었다. 울며 신을 찾았고 죽고 싶다는 생각밖에 없었다. 하지만 지금으로선 그 미래를 알 수 없다. 올해도, 오늘도 행복했다. 자유를 완전히 누리지 못했지만, 두려움은 조금 가셨다.

파울은 오늘 저녁 만찬에 여러 사람을 초대했다. 테이블에 친구들은 둘러앉았다. 라르스-오케가 베니아민에게 물었다.

"여호와의 증인은 왜 성탄절을 축하하지 않나요?"

베니아민은 언제나처럼 상냥하게 대답했다.

"예수님은 이날 태어나지 않으셨고, 생일을 기념하라 말씀하지 않으셨어요. 그래서 우리는 성탄절을 축하하지 않습니다."

그 말을 듣고 라스무스가 조심스레 물었다.

"성탄절을 축하하고 싶다는 마음은 없었나요?"

베니아민은 웃으며 답했다.

"해본 적이 없어서 그런 마음이 생기지 않았어요."

그 말은 테이블에 앉은 이들에게 어딘가 거짓말처럼 들렸다. 살면서 우리는 인연을 그저 스쳐가기로 한다. 베니아민과 라스무스도 그럴 뻔했다.

베니아민은 여호와의 증인이 금지하는 성탄절 전야를 보내려고 이 자리에 앉아 있다. 가장 세속적인 시간을 보내며, 레이네와 세포 사이에 앉아 있다. 이 일탈은 스스로 선택했다. 새 가족, 새 집, 새로운 일탈.

오늘 밤, 그는 베드로로 같았다. 베드로는 하늘에서 내려온 보자기를 보았는데, 그 안에는 온갖 불결한 동물이 있었다. 베드로는 그것들을 절대로 먹으면 안 된다고 생각했다. 하지만 하늘에서 말씀이 내려왔다.

"받아라. 그리고 먹어라."

조직의 규칙과 체계가 베니아민을 곤란하게 한 적은 없다. 가족과 세상이 아무리 달라도, 신경 쓰지 않았다. 자신이 옳다고 확신했기에, 세상과 다른게 오히려 편했다.

하지만 여동생 마르가레타는 많이 힘들어했다. 그녀는 결코 가질 수 없는 것을 갖고 싶어 했다. 어릴 적, 친구들 앞에서 성탄절과 생일 선물에 대해 꾸며낸 이야기를 했다. 크리스마스 트리와 강림절 달력에 대해 거짓말을 했다. 겪지 않았던 것을 꾸미면서 친구들과 즐거워했다. 부모님이 알았다면 딸을 부끄러워했을 것이다. 베니아민은 알면서도 부모님께 말씀드리지 않았다. 부모님은 딸이 결핍이나 상실감을 느끼지 않을 때까지 교회에서, 장로들 앞에서 설득하고 토론했을 것이다. 이 모든 것은 어리석은 욕망에서 비롯된 것이었다. 성탄절이나 생일을 축하하고 싶은 욕망.

지금, 베니아민은 개척해야 할 이들 사이에 앉아 있었다. 예컨대 동성애나 간음은 사회에서 '부도덕'하다라고 비난하는데, 그런 것과 연루된 사람들 사이에서. 심지어 그들과 같은 사람이 되고 싶어했다.

베니아민은 '여호와의 증인이 된다는 게 어떤 의미인가'라는 질문을 받고 말하려는 찰나, '받아라, 그리고 먹어라'라는 신성한 음성을 들었다. 그러면서도 이제 부정한 모든 것을 받아들이려 한다. 이 자리에 앉아 있다는 사실만으로도 이미 회중의 일원이 될 수 없음을 알면서, '여호와의 증인이 된다는 것의 의미'에 답하는 것이 얼마나 모순인지를 순간 깨달았다.

그때 파울이 얼굴빛을 되찾고 에스킬스투나 특유의 사투리로 베니아민의 생각을 제지했다. 파울은 테이블 위의 접시와 잔을 휙 쓸며 말했다.

"자, 봐라. 바닷가재, 햄, 연어, 대하, 굴, 미트볼, 새우, 소시지. 구색은 다 맞췄다. 하지만 이건 나와 함께 살아온 거지."

파울은 웃으며 큰 바닷가재를 손에 들었다.

"음, 유대 율법에 맞는 정갈한 음식은 아니지?"

세포가 비꼬았다. 파울은 아랑곳하지 않고 바닷가재의 집게다리를 쪼개 즙을 빨았다.

"그래, 네가 알다시피 정교도 교도들이 나한테 돌 던질 걸."

"텔아비브에서 정교도 교인과 잤다는 걸 알지."

세포는 눈살을 찌푸렸다.

"콕스크류도, 모든 것도 다 갖고 있지."

파울은 웃으며 덧붙였다.

"콕스크류는 내 걸 빨고 싶어 앞뒤로 왔다 갔다 하지."

"여보세요! 저기요."

베니아민이 웃음을 터뜨렸다. 당황하면서도, 부끄러워 귀를 막았지만 웃음이 저절로 새어 나왔다.

지금 선택은 베니아민 스스로가 했다. 베니아민은 이들과 '가족'이 되었다. 파울은 신경 쓰지 않고 오히려 베니아민을 격려했다.

"나중에 그에게 물었지, 우리가 정말 큰 죄를 지은 게 아닐까? 여자와 남자가 자는 것처럼, 남자와 남자가 자는 것을 성경이 특별히 금지했나 하고. 그가 말했지, '그렇다!' 하지만 나는 남자 곁에 절대 눕지 않았다고. 늘 그 사람 앞에 무릎을 꿇었지! 최악은 그 남자가 정말 진지하다는 거야. 그저 무릎만 꿇으면 원하는 남자와 섹스를 할 수 있었지."

파울이 크게 웃었다. 그 웃음은 전염성이 강했고 베니아민도 결국 따라 웃지 않을 수 없었다. 세포는 의자에 기댄 채 베니아민을 보호하려는 듯 손을 내밀었다.

"저게 그의 본 모습이야. 끝까지 안 들어도 돼!"

"세포 말이 맞아! 내 허풍은 끝이 없어!"

라스무스는 내심 즐거워하며 테이블 모서리를 지그시 바라보고 있었다. 왼쪽에는 보후슬렌 출신 남자가 있었는데, 그를 보자 자리에서 일어나 손을 잡았다. 라스무스는 그 이름을 벌써 잊었다. 그 옆에는 세포, 그리고 슈트 차림을 한 여호와의 증인 신자 베니아민이 앉아 있었다. 라스무스는 왜 베니아민이 파울 집에 있는지 아직 이해하지 못했다.

라스무스 건너편에는 파울이 '소 엉덩이 같다'고 했던 아름다운 벵트가 앉아 있었다. 그는 여전히 라스무스를 유혹했다. 만약 운이 좋다면 오늘 밤 벵트는 라스무스와 함께할 것이다.

보후슬렌 출신 남자 오른쪽에 라르스-오케가 앉았다. 라스무스는 이 무리 중 보후슬렌 남자에게민 유독 관심이 가지 않았다.

파울은 누구보다도 많이 먹거나 마시면서도 라스무스의 등, 목, 허벅지를 쓰다듬었다. 늘 그렇듯, 그는 다른 사람을 즐겁게 했다. 파울의 행동에도 라스무스는 아무도 반응하지 않았다. 그들은 라스무스가 파울의 연인일 거라고 생각했고 그래서 초대한 것이라 짐작했다. 누가 알겠는가? 진실을. 오늘 밤 파울도 라스무스와 잠자리를 기대했을지도 모른다. 그랬다면 라스무스는 허락했을 것이다.

라스무스는 파울의 손길에 잠시 머뭇거렸다. 그가 등을 스친 그 짧은 순간, 마음속 깊은 어딘가에서 저울질이 시작되었다. 나도 파울의 등을 어루만져도 괜찮을까? 허벅지의 따뜻한 곡선을, 어색해하지는 않을까? 무례일까? 관계를 허락할까? 기대와 망설임 사이에서 그는 조용히 흔들렸다.

초대받은 자리, 주인의 시선이 머무는 것만으로도 어쩐지 묘한 특권을 부여받은 것 같았다. 하지만 파울에게 특별하게 끌리지 않았다. 어딘가 모르게 숨결이 불결한 것 같았다. 그래서 그와 키스하고 싶지 않았다. 아니, 어쩌면 그럴 수 없을 것이다. 오늘 파울이 자신에게 입을 맞추려 한다면 그가 진심이라면, 받아들여야만 한다는 걸.

어떤 것에도 대가가 따르기 마련이었다. 한편 마음의 경계는 술 한 잔이면 쉽게 무너질 수도 있다는 생각이 스쳤다. 파울이 아니더라도, 혹은 벵트라 하더라도, 술에 잠기면 모두가 비슷해진다.

샴페인을 목으로 흘려넣으며, 라스무스는 몇 달 전 스톡홀름에서의 기억을 떠올렸다. 사냥꾼에게 쉽게 눈에 띄기를 바라며 스스로 위치를 드러내고 싶었던 그때의 자신. 선택은 하지 않으려 하면서도, 선택되길 바라던 수동적 태도. 거절하지 못하고 늘 감사해하던 자신이 싫었고 그 안에 숨겨진 결핍과 욕망이 다시금 자신을 파고들었다.

무언가를 간절히 원하면서도, 손끝으로 닿기를 두려워했던 날들. 그는 지난 석 달, 특히 마지막 몇 주 동안 스톡홀름의 숱한 장소에서 기억조차 흐릿한 남자들과 스쳐지났다. 아파트 안, 계단 틈, 어둑한 풀숲, 자동차 안. 어디에서든 사랑을 흉내 내었고 마음은 더 황폐해졌다.

그러다 갑자기 부모님이 떠올랐다. 가슴 한켠이 찢어지듯 저려왔다. 그들이 이 모든 것을 알게 된다면, 어떤 얼굴을 할까. 어떤 말도 하지 못한 채, 고개를 돌릴까?

남자들은 그를 비틀고 눕히고 뒤엎었다. 그의 안으로 들어와선, 어떤 이들은 잔혹했고 어떤 이들은 차가웠으며, 가끔은 부드러운 이도 있었지만, 그렇지 않은 이가 훨씬 많았다. 대부분은 피로에 젖은 얼굴을 했고 라스무스는 그 피로를 견뎌냈다. 그중 겨우 두세 사람. 사랑을 고백했지만, 돌아온 건 침묵이거나 냉정한 거절이었다. 바보처럼 굴고 유치하게 구애했지만, 그들은 떠났다.

그는 스스로를 달랬다. 이건 중요하지 않다고, 시간이 지나면 단단해질 거라고. 초여름에는 부드러웠던 발이 조금씩 굳어가듯, 언젠가는 자신도 강해질 거라고 믿었다. 다시 잔을 들이켰다. 몸속으로 뜨거운 기운이 퍼졌다. 그는 아무렇지 않게 파울의 등을 가볍게 만졌고 벵트에게 유혹하듯 시선을 보냈다. 그러다 소파 구석에 앉아 있는 여호와의 증인을 보았다. 슈트를 입은 베니아민. 그는 잘 어울리지 못하고 가만히 앉아 있었다. 라스무스는 그가 자신을 바라보고 있다는 걸 알아차렸다. 푸른 눈동자, 선이 또렷한 턱, 부드러운 눈썹, 보조개, 라스무스에게 새로운 감정을 불러일으켰다. 하마터면 웃음이 나올 뻔했다.

"맙소사, 이 셋 모두와 함께할 순 없겠지."

어쩌면 그럴수도 있을 것이다.

불현듯, 여름날 칼스타드 광장에서 본 한 장면이 떠올랐다. 창백한 매춘부가 본넷 위에 엎드려 있었고 한 건달이 음식이며 수저를 그녀의 안에 밀어넣고 있었다. 그는 그 장면을 한동안 바라보다, 그 여인이 고개를 돌리며 자신을 보는 순간 고개를 피했다. 하지만 그녀는 그를 응시한 채, 분홍색 풍선껌을 내뱉으며 무표정하게 입을 움직였다.

"누구든 원하기만 하면, 나는 그와 함께할 수 있어."

실제로 그녀는 욕을 내뱉었다.

"뭘 쳐다봐, 초짜 새끼야."

라스무스는 도망쳤다. 자신이 그 창녀와 닮았다고 느꼈다. 다만 그녀는 마스카라를 진하게 칠했고 자신은 가볍게 덧발랐을 뿐이었다.

'내가 정말로 선택할 수 있다면, 오늘 누구와 함께하고 싶을까?'

파울은 아니었다. 그의 친절하든 무심하든, 아무 상관없었다. 물론 벵트가 첫 번째이겠지만, 베니아민도 다르게 다가왔다. 그의 눈에는 이전에 본 적 없는 조심스럽고 신선한 호기심이 서려 있었다. 베니아민도 초짜였다. 그 역시 자신처럼 서툴렀고 무엇을 어떻게 해야 할지 모르는 사람 같았다. 그리고 라스무스는 문득, 자신도 그와 같은 선상에 있음을 깨달았다.

'당신을 알고 싶어요.'

만약 그 말을 건넨다면, 그다음은 어떻게 흘러갈까. 가슴 어딘가에서 파문이 일었다. 바로 그 순간, 파울의 손이 다시 라스무스의 허벅지를 더듬었다. 아무 일 없다는 듯, 그의 손길은 성기 쪽으로 천천히 다가왔다. 그제야 라스무스는 잔을 내려놓고 벌떡 일어났다.

"화장실 좀 다녀올게."

몸이 일어서자, 순간 세상이 휘청거렸다. 혼란스러웠다.

거울 앞에 선 그는 자신의 얼굴을 오래 들여다보았다. 마치 그 여인이 등 뒤에서, 돼지 같은 눈으로 자신을 다시 보려보는 것 같았다.

자리에 돌아왔을 때, 벵트는 샴페인을 따르고 있었다. 반쯤 일어나 테이블 너머로 병을 내밀며 말했다.

"샴페인 더 마실래?"

그의 웃음은 반짝였다. 그때, 옆에서 베니아민이 조심스럽게 끼어들었다.

"안녕, 나는 베니아민이야. 아까 인사할 기회를 놓쳐서 미안해."

그는 자신도 놀란 듯, 작게 웃었다.

"자, 건배."

벵트는 베니아민의 말을 무시한 채, 라스무스를 바라보며 잔을 들었다.

"건배…."

라스무스는 억지로 잔을 들었지만, 시선은 이미 베니아민에게 닿아 있었다. 베니아민도 소금 늦게 잔을 들어 올렸다. 머뭇거리면서도 바라는 것 같았다.

"네, 건배."

그는 짧고 강하게 말했다. 벵트를 견제하듯 허리를 살짝 숙이며 잔을 맞댔다.

"오 마이 갓, 한 남자를 두고 다투는 저들을 좀 봐. 하나는 배우,

또 하나는 여호와의 증인이라니.”

파울이 웃으며 말했지만, 그 안에는 어딘지 쓸쓸한함이 묻어 있었다.

“잠깐, 늙다리 유대인, 그냥 내버려 둬. 근데, 당신은 유대인이면서 왜 크리스마스를 그렇게 좋아하는 거야?”

“나도 하누카는 기념해.”

파울은 태연하게 대꾸했다.

“나는 모든 걸 축하해. 인생이 너무 깐깐하면 재미없잖아. 노래할까? 징글 벨! 콕! 다 같이 부르자. ‘나는 아빠가 산타클로스와 키스하는 걸 보았네~.’”

그는 노래를 흥얼거리며 웃었고 분위기는 다시 가벼워지는 듯했다. 라스무스가 무심코 자리를 피했던 것도, 파울은 이해하고 있었다. 그저 지나가는 순간일 뿐이었다. 그가 라스무스를 스친 손길 역시, 오래된 습관처럼 무심한 제스처에 불과했다. 그것도 베름란드 출신 소년이 허락한 선 안에서만 가능했다. 이제는 그 성마른 접촉도 끝났다. 신도, 세상도, 누구도 그런 일엔 관심 없다. 한 남자를 두고 소란을 피우도록 내버려 두는 것, 그 정도면 충분했다.

파울은 팔꿈치를 테이블 위에 올리고 바닷가재로 손을 뻗었다. 거칠게 껍질을 까고 고깃살을 입에 넣었다. 삶이란 그런 것이었다. 세월이 흘러 미모가 바래면, 사우나 어두운 방 한구석에서 어설픈 위안을 찾는 것도 그리 나쁘지 않았을 것이다. 더럽고 무거운 것들은 샴페인 거품 속에 씻겨 내려갈 테니까. 곧, 모든 것은 괜찮아질 것이라 그는 믿었다.

한편 소파 한 켠, 늘 그러하듯 레이네는 성탄절 전야를 보내고 있었다. 그는 작게 자른 햄 조각을 입에 넣고 어기적어기적 씹었다. 찰나, 그 얼굴 위로 고통의 그림자가 엄습했다.

"레이네, 왜 아무것도 안 먹어?"

파울이 묻자, 레이네는 주뼛주뼛했다.

"모르겠어요…. 씹을 때마다 너무 아파요."

약간 미안한 투로 말했고, 고통을 숨기지 못해 표정이 이그러졌다. 파울이 다시 물었다.

"혹시 감염된 걸까? 뭔가 문제가 있는 것 같아."

레이네는 애써 웃으려고 했다. 당황하는 것 같기도, 체념하는 것 같기도 했다. 지난 몇 해 동안 그는 잔병에 시달렸다. 로스락스툴 병원에서 외래 진료를 받았고 한때 폐렴으로 위험할 뻔했다. 며칠 동안 고열에 시달리다 입원했고 체중은 눈에 띄게 줄었다. 지금은 조금 회복했지만, 여전히 병약했다. 그는 자신이 아프다는 사실을 누구에게도 말하고 싶지 않았다. 씹을 때마다 고통을 견딜 수 없었다. 성탄절이 지나면 다시 병원을 찾을 예정이었다.

"오 마이 갓, 아직도 아프다고? 보드카 좀 마셔봐. 독한 술이 박테리아도 죽일 거야."

파울은 농담을 섞으며 가볍게 웃었지만, 분위기는 점차 가라앉았다.

그 시절, 에이즈라는 병이 처음 등장했을 때도 그랬다. 레이네는 간염이나 아메바증 같은 오진을 받으며 치료를 받아야 했다. 병원은 늘 그의 성적 지향을 묻고 캐내려고 했다. 의사와 간호사는 그의 정체성을 어느 정도는 알고 있었지만, 그래도 확인하고자 했다.

레이네는 극심한 기침에 시달렸고 폐렴 같은 증상을 방치하다 입원했다. 결국, 그는 죽음에 이르렀다. 로스락스툴 병원에서 에이즈로 인한 첫 사망자였다. 이후 병원은 환자가 동성애자면 진료를 회피했다. 원로 의사 중 한 명은 종교적 이유를 들며 단데뤼드 병원으로 가라고 말했다. 간호사들 또한 기피했다. 편견과 두려움이 범벅이 된 채.

그 와중에 단 한 사람, 케르투라는 간호사만이 묵묵히 그들을 돌보았다. 그녀는 간호사이자 상담자였고 어쩌면 마지막 친구였다. 사람들은 그녀를 '로스락스툴의 천사'라 불렀다.

어느 날, 한 의사가 병실을 조금 더 따뜻하게 꾸미려 옛 가구를 가져오려 했지만, 감염 우려를 이유로 거절당했다. 가구는 비닐로 덮었고 환자 역시 꽃무늬 비닐 이불에 감쌌다. 그렇게, 레이네는 천천히 말라갔고 사라져갔다. 투병 마지막 날들, 그는 거의 아무것도 먹지 못했다. 서서히 생명이 꺼져가면서, 열두 날을 더 버틴 끝에, 심장은 성탄절 전야에 조용히 멈추었다. 남겨진 육체는 고작 30킬로그램. 그의 마지막 표정은 어쩌면 이제야 고통이 멎는다는 안도였을지도 모른다.

◆

사라는 창문을 바라보며 서 있었다. 앞치마를 걸치고 있었다. 롤빵처럼 묶었던 머리는 조금 풀려 있었고 곧 잘라야겠다고 생각했다. 머리를 기르는 것은 이제 나이에 어울리지 않는다고 여겼다. 지금은 그저 잿빛 뭉치처럼 보였다. 창문에 비친 강림절 달력과 그녀의 얼굴이 겹쳐졌다.

거리에는 차 한 대가 지나갔을 뿐, 이 마을에는 거의 유일한 차가 한 대 밖에 없는 것 같았다. 전조등이 도로를 훑고 지나갔다. 오늘 밤은 추워질 모양이다. 온도계는 이미 영하 12도를 가리켰다. 지하실 보일러는 활활 타오르고 있었다.

코폼, 베름란드를 포함한 전국에서 성탄절을 축하하려고 여럿 사람이 모였다. 요셉과 마리아처럼, 고향을 떠나 고생했던 이들도 이제 집으로 돌아왔다. 성탄절엔 그렇게 해야 했다. 집으로 돌아가는 것, 그것이 진정한 축하였다. 모두가 있어야 할 곳에 있다면, 왕국에 평화가 깃들 것이라 엄마는 믿었다.

며칠 안에 모든 것이 제자리를 찾을 거라는 생각에 한숨을 내쉬며, 엄마는 라스무스가 하던 대로 창문에 이마를 기댔다. 왼손으로 창틀에 놓여 있던 작은 인형을 소심스레 정리했다.

'이게 다 무슨 소용이 있나. 제자리에 있는 것이 아무것도 없는데. 차라리 침대로 가서 낡은 담요를 머리끝까지 끌어올려 덮는 게 낫겠다.'

그녀는 웃었지만, 그 웃음에는 흐느낌이 스며 있었다. 친정어머니는 늘 그렇게 말하곤 했다.

‘낡은 담요를 머리끝까지 덮고 자는 게 좋다.’

당시 어린 사라는 ‘왜 꼭 낡은 담요여야 하는지’ 궁금했다. 다른 담요는 안 되냐고 물었지만, 그저 그런 것이었다.

“좀 앉아 줄래? 모두 다 왔어.”

하랄드는 거실문 앞에 서서 부드럽게 말했지만, 명령 같기도 했다. 사라는 천천히 돌아서서 슬픈 눈으로 그를 바라보았다.

하랄드는 셔츠에 넥타이를 맸고 그 위에 카디건을 걸쳤다.

“성탄절 넥타이를 맸어?”

“그래도, 예의는 갖춰야지!”

하랄드는 대답했다. 그 넥타이는 볼품없었고 폭 넓은 천에 산타가 그려져 있었다. 하랄드가 가장 아끼는 것이었다. 라스무스가 열 살, 열한 살 때 용돈을 모아 아빠에게 처음 준 성탄절 선물이었다. 성탄절 전야마다 하랄드는 마치 관습처럼 넥타이를 매었다(라스무스는 그 넥타이가 촌스럽다며 버리라고 한 적도 있다).

엄마는 하랄드에게 다가가 넥타이 매듭을 손으로 다듬으며, 산타클로스 그림을 쓰다듬었다.

“물론, 그래야지.”

그녀는 한숨을 내쉬며 마지못해 남편을 따라 부엌으로 향했다. 부엌에는 세르스틴, 스티그, 이웃사촌 홀게르가 와 있었다. 사라는 홀게르를 늘 초대했다. 자매 셋 중 사라만이 유일하게 자식이 있다. 엄마는 마흔 가까이 되어서야 라스무스를 낳았다. 세 자매는 동화 엘사 베스코우에 나오는 세 이모와 빗대며 농담을 주고받았다. 브라운 이모, 그린 이모, 퍼플 이모. 블루 삼촌을 하랄드와 연결했다. 결국 브라운 이모와 블루 삼촌이 결혼한다는 이야기였다.

엄마는 웃었지만, 즐거워 보이지 않았다. 차라리 울고 있는 듯했다. 오늘은 어떻게 해도 즐겁지 않았다. 무엇보다도, 암탉처럼 까칠한 노처녀 크리스티나가 스톡홀름에서 같이 사는 라스무스 이야기를 꺼낼 때면 더욱 그랬다. 그녀는 한 손에 담배를 들고 다른 손에는 립스틱 자국이 묻은 레드 와인 잔을 움켜쥐고 있었다.

사라는 동생이 죽이고 싶을 만큼 미웠다.

"…말씀드렸듯이, 모든 게 좋아요. 라스무스는 저를 이모라 생각하지 않고 친구처럼 대해요."

크리스티나는 언제나 예의 바른 홀게르에게도 혀 짤배기 소리를 내뱉었다.

"그래도, 코폼에서 멀리 스톡홀름까지 이사 간 건 꽤 용감한 거죠!"

홀게르가 조심스레 끼어들었다.

"좋아. 그럼 이제 시작하자고!"

엄마가 크리스티나의 말을 가로막았다.

방 안은 무겁게 가라앉았다. 엄마는 부엌 한편 난로 곁에 앉아 있었다. 성탄절 전야 저녁은 언제나 부엌에서 먹었다. 세 자매 어머니가 물려준 오래된 전통이었다. 성탄절 휴가는 내일부터 시작되었기에, 이날 전야만큼은 거실에 놓인 테이블(식당은 따로 없었지만, 그래도 테이블이라 불렀다)에서 식사했다. 늙은 수탉 같은 스티그, 하랄드, 홀게르, 그리고 세 자매가 테이블을 둘러싸고 앉았다.

라스무스도, 다른 아이들도 없었다. 이 얼마나 쓸쓸한 파티인가!

크리스티나는 담배를 끄고 재떨이를 치우려 일어섰다. 하랄드는 자작나무 새싹으로 향을 낸 위스키를 스나프스 잔에 따르며, 봄날 라스무스와 함께 자작나무 싹을 땄던 이야기를 입 밖에 내지 않고 삼켰다. 그 이야기는 지금 분위기와 어울리지 않았다.

엄마는 말없이 앉아 있었다. 결혼반지를 만지작거리다, 어느 순간 뺨을 찌르기도, 가볍게 때리기도 했다. 세르스틴은 목청을 가다듬고 대화를 재개하려 애썼다.

"햄이 맛있어요, 언니."

세르스틴이 말했다.

"좀 말랐을걸."

엄마가 짧게 잘라 말했다. 그러자 대화는 금세 막혔다.

세르스틴은 다시 홀게르를 향해 말을 이으려 노력했다.

"홀게르, 결혼한 적 없죠?"

말문이 막힌 듯 잠시 머뭇거렸던 세르스틴은 말을 끝내고 턱을 괴며 홀게르에게 집중하는 척했다. 관심을 보이려는 작은 몸짓이었다. 당황한 홀게르는 헛기침을 하고 무릎만 내려다보았다.

"그런 일은 나에게 일어나지 않아요."

세르스틴의 질문 때문인지, 모두 다시 침묵에 잠겼다. 홀게르의 대답은 공기 속으로 사라져버렸다.

'왜 홀게르는 결혼하지 못했을까?'

결국 하랄드가 일어섰다. 잔을 흔들며 난처해하는 홀게르를 구원하듯 말했다.

"자, 자! 베름란드엔 노총각이 넘쳐난다니까!"

하랄드는 목소리를 가다듬고 연어를 뒤집으며 말을 이었다.

"들어봐! 건배하기 전에 몇 마디 하겠어. 기억들 하겠지만, 몇 해 전 코폼 문제 연구자들이 있었지. 제지 공장이 문 닫으면 코폼은 망할 거라고 했어. 그 말은 완전 틀렸어! 코폼엔… 코폼엔 퇴크포로스 정비소도 있고…"

홀게르가 거들었다.

"안티폰도 있어요."

"맞아. 또 기차역도 폐쇄하려 했는데, 작년에 다시 열었잖아. 코폼에 임대 아파트도 얼마나 많이 지었는데. 다 미래를 위한 투자야. 아니면 뭐겠어? 모두, 메리 크리스마스. 코폼을 위해 건배하자. 아마도 코폼은 젊은이들이 살기 좋은 곳이 될 거야."

하랄드는 라스무스가 신축 아파트에 살지 않을 것이라는 것도, 아들이 안티폰이나 퇴크포로스 정비소에서 일하지 않을 것이라는 것도 알고 있었다. 하지만 그는 마을을 지키고 싶었다. 그게 전부였다.

장황한 연설을 마친 하랄드는 머리가 멍해졌다. 모두 잔을 든 채 하랄드가 건배를 제의하기를 기다렸다.

"아니, 친구들. 노래 한 곡 부르자. 크리스마스 요정들아! 잔을 부딪치며 기뻐하자…"

하랄드는 특유의 바리톤으로 혼자 노래를 시작했다. 사라가 다가와 제지할 때까지.

"안 돼! 하랄드. 오늘 밤은 노래하지 않을 거야."

사라가 조용히 말했다.

하랄드는 아무 말 없이 잔을 내려놓았다.

스톡홀름 상트 파울스가의 한 원룸 부엌, 남자 일곱이 테이블에 둘러앉아 각자의 신 혹은 연애 대상을 목소리 높여 찬양하고 있었다. 파울은 쇠데르말란드, 벵트는 옘틀란드, 레이네는 부후슬렌, 라스무스는 베름란드에서 왔으며, 세포는 발트해 건너편 핀란드에서 왔다. 베니아민은 스톡홀름이 고향이고 라르스-오케는 북쪽 교외에 거주한다.

그들은 각자 고향을 떠나 자기의 길을 찾아 이 도시에 왔지만, 지금은 길을 잃고 방황하고 있다. 두려움과 멸시를 극복하며, 이 도시에서 위로와 안식을 찾으려 했다. 도시가 그들을 변화시켰다. 변신이었다.

내면 깊숙이 숨은 자아를 찾으려는 몸부림이었다. 마치 예수께서 베드로, 야고보, 요한과 함께 산에 올라 변한 모습으로 제자들 앞에 나타난 것과 같았다. 예수의 얼굴은 태양처럼 빛났고 옷도 빛처럼 환했다. 그러나 빛이 있으면 늘 어둠도 따르는 법이었다. 이런 생각들은 이후 몇 년 동안 베니아민을 사로잡았다. 어쩌면 우리

모두는 잠시 강렬하게 타올랐다 사라질 허망한 불꽃일지도 모른다
는 자각이었다.

지난 몇 년간, 그들은 빛났다. 어쩌면 그들이 사랑했던 상대가
더 빛났을지도 모른다. 불과 삼 년 전까지만 해도 정부는 동성애
자를 병자로 간주했다. 1979년, 동성애자들이 보건복지부 사무실
을 점거 농성했을 때야 비로소 동성애를 질병으로 분류하는 법을
폐지했다.

세포는 그 점거 농성에서 영웅이었다. 공무원들의 진입을 막으려
계단을 큰 돌로 막고 「아무리 미약하더라도, 사랑 없이 살 순 없어
요」라는 노래를 불렀다. 농성은 사무장 바르브로 베스테르홀름이
서명할 때까지 계속되었다.

지금 그들은 그때 불렀던 노래를 다시 부르고 있었다. 캐롤과 가
무가, 찬송가도 함께였다. 찬송가는 파울이 지휘했다. 그는 만취한
채 빅토르 뤼드베리가 동성애자였다고 소리쳤다. 셰익스피어, 미
켈란젤로, 구스타브 5세, 구스타브 3세, 제임스 딘, 말론 브론도도
모두 게이였다고 주장했다. 크리스티나 여왕도 예외가 아니었다.
그녀는 남성 역할의 레즈비언이었지만, 그것이 무슨 문세가 되랴.
모두 같은 성적 지향일 뿐이었다.

원룸 안, 일곱 남자는 노래하며 웃고 환호하며 손뼉을 쳤다. 마침
내 「거룩한 밤」을 힘껏 불렀다. 파울은 거실 창문을 열고 스피커를
창턱에 놓았다. 유시 비욜링의 노래가 최대 볼륨으로 흘러나와 마
리아토르게트 거리를 가득 채웠다.

“무릎을 꿇고 천사의 목소리를 들어라. 오, 거룩한 밤이여. 지친 세상 사람들이 기뻐할 희망의 소식이여.”

◆

그날은 1982년 성탄절 전야였다. 해방의 해였다.

“신사 숙녀 여러분, 저와 함께 하시려면 거실 소파에 앉아 주십시오. 베일리스 한 잔씩 따라 드리겠습니다.”

술에 많이 취한 하랄드가 말했다. 오늘 밤 그는 유난히 기분이 좋아 보였다. 의자에서 일어나며 명령하듯 말했다. 그러자 의자가 뒤로 넘어졌다.

“소파에 먼저 앉으시는 분께 가장 먼저 술을 따라 드리겠습니다.”

하랄드가 웃으며 아양을 떨자, 여인들은 늙은 암탉처럼 파닥거리며 꼬꼬댁거렸다.

사라는 말없이 부엌을 나갔다.

동생들은 나가는 언니를 조용히 지켜보았다.

“괜찮아?”

하랄드는 저녁 내내 아내를 달래려 애썼다.

“글쎄, 어떤지 알잖아.”

하랄드가 거실로 나오자, 사라는 창가에 기대어 밖을 바라보고 있었다.

그녀는 꿋꿋이 서 있으면 언젠가 누군가 나타날 것이라고 믿는 듯했다.

"사라."

하랄드는 최대한 부드럽게 불렀다.

"왜 전화도 안 하지?"

사라는 남편 쪽으로 몸을 돌려 말했다. 목소리에는 깊은 걱정과
절망이 묻어났다. 그녀는 다시 몸을 돌려 창밖을 바라보았다. 겨울
밤은 깊고 어두웠다. 어린 새가 날갯짓하듯 불안하게 왼발을 내디
뎠다.

"성탄절 전야인데 전화할 수 있잖아요."

이미 새벽 두 시였다. 라스무스는 코트를 걸치고 나갈 준비를 했
다. 그는 파울을 끌어안고 초대에 감사 인사를 전했다. 파울은 젖
은 입술로 라스무스를 키스했다. 라스무스가 손등을 닦아내도 파
울은 모른 척했다.

"가는 거야? 나도 가려는데, 같이 갈래?"

라스무스가 막 나서려 할 때, 베니아민이 라스무스에게 말을 걸
었다. 베니아민은 머뭇거리지 않고 서둘러 코트를 걸치고 구두를
신었다. 라스무스에게 대답할 틈도 주지 않으려는 듯했다.

파울은 베니아민의 행동을 웃으며 지켜보며 장난을 걸었다.

"너는 전도하러 가는 거야! 내가 다 알아…."

베니아민은 못 들은 척했다.

"어디로 가는 거야?"

라스무스가 물었다. 그는 베니아민이 신발을 찾느라 허둥대는 모

습을 멍하니 바라보고 있었다.

베니아민은 신발을 찾아 신은 뒤 나갈 준비를 마쳤다. 그때 그의 표정은 승리자의 그것 같았다.

"그게 중요해? 너와 같은 방향이니까."

라스무스가 빌딩을 나설 때, 베니아민은 그림자처럼 뒤를 따랐다. 초저녁보다 날씨가 풀려 있었다. 두 사람은 잠시 멈춰 서서 밤하늘을 올려다보았다. 눈이 내리고 있었다. 하늘은 짙은 보랏빛이었다. 굵은 눈송이가 천천히 하늘을 가르며 떨어졌다. 집집마다 강림절 촛불이 켜져 있었다. 땅 위로는 눈이 조금씩 쌓이기 시작했다.

"지하철역이 이쪽이야?"

라스무스가 오른쪽을 가리키며 말했다.

"오늘 같은 날엔 이렇게 늦게까지 지하철이 다니지 않아."

라스무스는 무안한 듯했다. 어디로 가려면 길을 미리 알아야 했기 때문이다.

"그럼, 조금 걸을까?"

라스무스가 모호하게 대답하며 주춤했다. 어디로 가야 할지 몰라 망설이는 듯했다. 두 사람의 입김이 담배 연기처럼 뿜어져 나왔다. 아직 아무도 밟지 않은 눈길 위에는 발자국이 없었다. 라스무스는 방향을 잃지 않은 척하며 클럽 티미가 있는 팀메르만스가 쪽으로 가려 했다. 왼쪽으로 가야 했다. 기억을 더듬어보면 대로에서 몇 블록 떨어진 곳에 클럽이 있었다. 라스무스는 왼쪽으로 방향을 정했다.

베니아민은 길을 묻지도 않고 라스무스 곁을 따랐다. 두 사람은 이런저런 이야기를 나누었다. 라스무스는 지하철역 근처 이외에는 길을 잘 모른다는 것을 들키지 않으려, 아는 척하며 계속 걸었다.

신호등이 있는 사거리에 도착했다. 검은 개를 가죽끈으로 끌고 가는 남자가 있었다. 지나가는 차는 없었지만, 그들은 신호가 녹색으로 바뀌기를 기다리고 있었다. 라스무스는 방향을 확인하려 표지판을 슬쩍 보았다. '호른스가'였다. 라스무스는 그곳에 한 번 가본 적이 있었다. 클럽 티미를 찾으려다 너무 멀리 가서 다시 돌아와야 했다.

사거리에서 최대한 멀리 보려 애썼지만 별다른 차이는 없었다. 모두 똑같아 보였다. 라스무스는 베니아민을 힐끗 쳐다보았다. 베니아민은 아무 걱정 없이 보였다. 라스무스가 불안해하는 것을 눈치채고도 내색하지 않았다. 두 사람은 하늘을 바라보며 함께 서 있었다.

"와, 눈이다."

"그래, 정말 멋지네."

라스무스가 대답했다. 목소리에는 긴장이 묻어났다. 그는 이리저리 두리번거리며 갈 길을 몰랐다.

"스톡홀름 지리를 좀 아니?"

베니아민이 순수한 얼굴로 물었다. 지금 이곳이 어디고 어디로 가야 할지 전혀 모르는 라스무스를 향해.

결국 라스무스는 웃음을 터뜨렸다.

"전혀."

그가 인정했다.

한편 엄마는 거실 창문에 머리를 기대고 서 있었다. 뜰과 울타리, 길을 바라보았다. 저녁 식사는 끝난 상태였다. 음식은 예전 성탄절과 달라진 것이 없었다. 세르스틴은 평소처럼 청어 절임을 가져왔다. 크리스티나는 알라딘 초콜릿 한 상자만 들고 왔는데, 그녀는 늘 그렇게 살았다. 모두 사라가 만든 햄을 칭찬했지만 사라는 특별하다고 여기지 않았다. 그저 햄일 뿐이라고 생각했다.

다들 티 내지 않았지만 저녁 식사는 나름 괜찮았다. 하랄드는 코폼의 미래에 대해 장황히 떠들며, 코폼의 미래가 밝다는 것을 증명하려 애썼다. 잠시 후 하랄드는 술을 마시며 노래를 불렀다. 사라는 기분을 풀려 애쓰며 조금씩 따라 불렀다.

세 자매는 평소처럼 어머니에 대한 험담을 늘어놓았다. 어머니는 새 남편과 스페인에서 살고 있으며, 죄책감에 시달린다고 했다. 새 남편은 은퇴한 핀란드 사업가였는데, 자매들은 그에 대한 험담도 빼놓지 않았다. 하랄드와 홀게르는 사냥 이야기를 나누었다. 하랄드는 홀게르만 이해할 수 있는 사투리로 옛이야기를 전했다.

아직, 모든 것은 그대로였다. 다만 라스무스만 이 자리에 없었다. 작은 인형도 제자리에 있었다. 하지만 라스무스는 없었다. 생강빵도 할머니 레시피 그대로 구웠지만, 라스무스는 보이지 않았다. 사라는 크리스마스 테피도 준비했지만, 라스무스는 끝내 나타나지 않았다.

늘 그랬듯이, 그래야만 했던 것이 이제는 그렇지 않았다. 엄마는 자주 기분이 가라앉았다. 고장 난 레코드처럼 '그는 여기에 없다'를 반복했지만, 이 현실이 머릿속에서 지워지지 않았다.

대화, 음식, 노래, 모든 것이 무의미했다. 대신 불안과 걱정이 사라를 엄습했다. 아들이 여기에 없었다. 아들은 이제 사라의 것이 아니었다. 아들이 원하는 것, 필요한 것을 이제는 해 줄 수 없었다.

저녁 식사가 끝난 후, 손님들은 소파로 모여들었다. 라스무스가 하던 대로 사라는 창문 앞에 서 있었다. 사라는 불안할 때마다 이 자리를 찾았다. 사라는 유리창에 머리를 기대고 울고 싶었다. 홀게르는 조용히 술잔을 홀짝이며 고요한 얼굴로 앉아 있었다. 홀게르는 사라의 걱정에 동요하지 않았다.

"자, 숙녀 여러분, 이제 춤출까요?"

하랄드가 갑자기 외쳤다. 프랭크 시나트라의 LP판을 꺼내 먼지를 털고 조심스레 정전기를 달래듯 바늘을 내려놓았다. 스피커에서는 'Strangers in the Night'가 부드럽게 흘러나왔다. 하랄드는 음악에 맞춰 몇 걸음 살랑이며 람바다나 차차차를 떠올리게 하는 춤사위를 보였다. 소파 곁으로 다가가 두 자매를 일으켜 세우고는 함께 춤추자고 청했다.

세르스틴은 미소를 머금고 손뼉을 쳤다.

"이제 시작이네요, 암탉 둥지의 수탉처럼!"

그의 목소리에 하랄드는 과장되게 엉덩이를 흔들며 세르스틴을 끌어당겼고 스티그는 크리스티나에게 손을 내밀었다. 홀게르는 혼자 어색하게 발끝만 옮기고 있었다.

사라는 그런 아이들의 흥에 짧고 날카로운 눈길을 던지고는 곧 등을 돌려 어두운 창밖을 바라보았다. 유리창 너머로 길 건너 닐손의 집과 그 앞 가로등이 희미하게 반짝이고 있었다. 가로등 불빛은 어둠을 가르고 마을을 둘로 나누고 있었다. 그 눈 속에는 기적처럼 여겨지는 장면이 담겨 있었다. 순간 정신은 또렷해지고 머릿속은 맑게 청명해졌다. 온몸의 감각이 조용히 깨어났다.

'설마… 그럴 리가….'

짧고 가쁜 호흡 사이로 심장은 알 수 없는 울림으로 두근거렸다. 그때 담장을 넘어 코폼의 도로 위, 가로등 아래에 고요히 서 있는 흰 사슴 한 마리가 눈에 들어왔다. 빛 속을 흐르는 흰 실처럼 바람에 살랑이는 고요하고 선명한 존재였다.

"하랄드, 여기 와서 이걸 좀 봐요."

사라는 사슴에게 시선을 떼지 않은 채 그를 불렀지만, 하랄드는 춤에 빠져 사라의 목소리를 듣지 못했다. 사슴은 천천히 고개를 좌우로 흔들며 서 있었다. 서두르지 않았다. 천천히 서쪽을 향해 걸음을 옮겼다.

"빨리 오라고 했잖아!"

사라의 목소리는 높아졌지만, 다른 사람은 여전히 웃고 떠들었다. 그러나 무언가 달라진 공기를 감지한 듯, 하나둘 창가로 모여들기 시작했다. 하랄드는 얼어붙은 채 말을 잇지 못했다.

“오, 이런 영물이⋯.”

“뭐예요? 안 보여요!”

크리스티나는 조급히 외쳤고, 사라는 차분하지만 단호한 목소리로 말했다.

“이 도심 한복판에, 저기⋯ 저 사슴을 봐.”

홀게르는 놀란 듯 창문 앞으로 달려갔다. 사라는 망설임 없이 문을 열고 밖으로 나섰다. 신비로운 존재에 조금 더 가까이 다가가고 싶었다. 밤공기는 얼음처럼 날카로웠고 사라는 옷깃도 여미지 못한 채 팔짱을 끼고 달렸다. 잔디 위로 얇게 깔린 서리가 바삭바삭 부서지며 소리를 냈다. 도시는 은빛 달빛에 잠긴 듯 조용했다. 서리가 낀 지붕과 그네, 빨랫줄, 시계탑까지 모든 것이 얇은 얼음막에 싸여 반짝였다.

사슴은 잠시 갈 길을 멈추고 사라를 바라보았다. 조심스럽고도 의연한 눈빛으로, 마치 감시하거나 시험하는 듯했다. 뒤늦게 하랄드와 홀게르, 동생들도 뛰쳐나왔다. 누구도 코트를 챙기지 못한 채, 차가운 밤공기 속에 멈춰 섰다. 가로등 아래 윙윙거리는 소리, 발밑으로 으스러지는 잔디 소리, 밤하늘에 총총 박힌 별빛이 이우러져 모두가 거룩한 순간에 들어선 듯한 착각에 빠졌다.

열린 문 너머로는 레코드의 잔잔한 음악이 흘러나왔다. 따스한 거실 안에는 반쯤 비워진 술병 하나가 외로이 남아 있었다. 사슴은 한동안 움직이지 않다가, 천천히 그러나 단호한 걸음으로 코폼을 가로질렀다. 아주 가까이 다가왔지만 절대로 닿을 수 없는 거리, 마치 축복을 건네고 가는 존재 같았다.

스톨스 맞은편 닐손의 집에서도 사슴을 보았다. 다른 집 발코니에선 맨발의 여인이 문 앞에 서 있었다. 어둠 속에 퍼지는 누군가의 재촉하는 목소리, 오래전 라스무스의 반 친구였던 에릭, 졸업식 날 사라가 듣기 싫어하던 말과 함께 사과를 던졌던 그 아이도 카메라를 들고 급히 달려나왔다. 베름란드의 밤거리, 흰 사슴이 달리기 시작하자 사방에서 플래시가 번쩍였다.

그리고 이 순간, 베니아민은 기억을 더듬으며 오두막이 떠올랐다. 바다를 내려다보는 벼랑 위, 마치 허공 위에 아슬아슬하게 놓인 그들의 보금자리였다. "우리의 『파수대』!" 아빠는 늘 그렇게 말했다. 가족은 웃었고 베니아민은 그중에서도 가장 많이 웃었.

그 오두막은 진짜 『파수대』처럼 느껴졌다. 그곳에선 세상을 내려다볼 수 있었다. 하나님께서 창조하신 이 아름다운 세계를, 그리고 곧 닥쳐올 심판과 재앙을. 『깨어라!』, 『파수대』, 그림 속 도시는 무너지고 불덩이가 하늘에서 떨어졌다. 사람들은 도망쳤고 살려 달라 울부짖었지만 이미 늦었다.

그림을 보며 베니아민은 몸을 떨었다. 재난은 생생했고 심판은 확실했다. 그리고 그들 여호와의 증인들은 구원의 문턱에 서 있었다. 매일 저녁의 성경 공부, 『요한계시록』의 구절 하나하나가 베니아민에게는 그 무엇보다 명확한 현실로 다가왔다. 영적으로 깨어 있어야만 구원받을 수 있다는 믿음은 단단했고 흔들리지 않았다.

그들의 사명은 사람을 최대한 많이 깨우는 것이었고 불길에서 탈출하도록 돕는 일이었다. 베니아민은 스스로 여호와의 가장 충실한 종이라 믿었다. 세상의 종말이 오더라도 자신은 구원받을 것이라고. 모든 질문엔 답이 있었다. 그 답은 구체적이고 명료했다. 브루클린 본부에서 번역되고 해석되어 전 세계로 퍼져나갔다. 하나님은 사랑이 깊고 헌신적이면서도 언제나 우리를 지켜보는 분이었다. 그 감시와 사랑 속에서 베니아민은 무탈히, 조용히 자라났다.

짙은 나무 꼭대기 너머로 태양이 서서히 떨어졌다. 방파제는 고요를 입었고 하늘은 아직도 옅은 푸름을 간직했다. 온 세상이 오두막 창문에 어른거리는 듯했다. 베니아민은 일곱 살, 여름이 막 시작되던 어느 날이었다. 가족은 오두막 베란다에 둘러앉아 첫 저녁을 함께 나누고 있었다.

그 순간, 베니아민은 자신을 발견했다. 창문에 비친 바다와 하늘, 태양 사이에 어렴풋이 그 자신의 모습도 있었다. 놀란 마음에 그는 일어섰고 그 투명한 유리창을 뚫어져라 바라보았다. 설명할 수 없는 무언가를 발견한 듯, 무심코 두 손을 유리창에 뻗었다. 밥 먹을 때 묻은 기름기가 손바닥에 남아 있었다. 아빠가 막 닦은 깨끗한 유리창에 손을 눌렀다.

"하지 마!"

아빠가 황급히 제지했다. 베니아민은 재빨리 손을 뗐지만, 유리에는 선명한 손자국이 남았다. 마치 거울 속 진짜 자신을 확인한 듯, 자신이 실재한다는 확신이 스며들었다. 명령에 따라 걸레를 가져와 창문을 닦았지만, 그 흔적은 완전히 지워지지 않았다. 무언가, 오직 자신에게만 있는 흔적.

여호와의 진노가 세상을 휩쓸고 지진과 대화재가 잦고 하늘에서 불덩이가 떨어진다면, 건물들은 무너지고 도시 전체가 땅속으로 가라앉는다면, 그 얼마나 끔찍할까? 바다, 태양, 하늘, 갈매기, 그리고 이 아름답고 사랑스러운 세계는 어느새 흔적도 없이 사라질지 모른다.

지금, 베니아민은 라스무스 곁에 서 있다. 눈이 흩날리고 몸 안은 따뜻하다. 심장은 두근거리고 있었다. 이 순간만큼은 의심할 수 없다. 무언가가 곧, 반드시 일어날 것이라는 예감. 그게 무엇이든 간에.

흰 방. 장식 하나 없는 벽과 숨 막힐 듯 답답한 공기. 달콤하면서도 불쾌한 냄새가 스며든다. 침대 곁 작은 탁자 위에는 마스크와 식염수, 약병들, 그리고 붉은 튤립이 꽂혀 있던 꽃병이 놓여 있다. 어제 신문 한 부, 건강 음료병과 빨대. 침대 끝 링거병에서 모르핀과 항생제, 영양제가 천천히 떨어져 내린다. 침대에는 그의 사랑하는 이가 누워 있다.

악몽 같았다. 생각조차 할 수 없었다. 만약 미리 알았다면 다른 길을 택했을까? 달리 선택할 수 있었을까? 그는 침대 옆 의자에 앉아 카린 보위에의 시를 읽는다.

"한때, 우리 여름은 영원할 것 같았어요. 지지 않을 것 같은 태양 아래서 놀았죠⋯."

밖은 여전히 겨울이다. 창문은 굳게 닫혀 있고 병실은 소독약 냄새와 불쾌한 공기로 가득 차 있다. 모든 것이 이곳에서 끝날 것처럼 느껴진다. 격리된 채, 고요한 공기가 침묵처럼 서서히 병실을 채워 간다. 하지만 아직은 아니다. 지금은 아니다.

1982년 12월 25일, 성탄절이다. 그의 생명은 아주 미약하게 떨리고 있다. 마치 막 세례를 받은 갓난아기처럼. 순수하고 연약한 숨결이 공기 속을 헤맨다. 누가 여호와의 산에 오를 수 있을까? 순결한 손과 깨끗한 마음을 가진 자만이 그 거룩한 곳에 이를 수 있으리라. 오늘은 새로운 시작의 날, 만물이 새롭게 창조되는 아침이다.

눈발이 굵어진다. 스톡홀름의 호른스가와 팀메르만스가가 만나는 조용한 교차로, 그 한가운데에 베니아민과 라스무스가 서 있다. 성탄절 전야의 늦은 밤, 세상은 침묵에 잠기고 있다. 몇 미터 떨어진 곳에 개를 산책시키는 남자 한 명이 있을 뿐, 도시는 마치 이 둘을 위해 준비된 무대처럼 고요하다.

라스무스는 이정표를 바라본다. '호른스가탄'. 어디로 가든 결국 그곳에 닿게 될 것만 같은 이름. 베니아민이 조용히 묻는다.

"여기 온 지 얼마 안 됐지?"

라스무스는 웃으며 고개를 끄덕인다.

“또 그 말이구나.”

그는 장난스레 되묻고 베니아민은 웃음으로 답한다.

“지금 우리가 어디 있는지 모르겠지?”

“몰라.”

두 사람은 잠시 눈을 마주친다. 흩날리는 눈송이들이 그들 사이를 지나고 신호등의 째깍거리는 소리가 조용한 밤공기를 자른다.

“이 길이 어디로 가는지 알아?”

베니아민이 다시 묻는다.

“아니, 아무것도 몰라.”

라스무스가 대답한다. 그의 말에 베니아민의 얼굴엔 작고 고요한 미소가 번진다. 마치 기다렸다는 듯한 표정으로 그는 말한다.

“그래, 나도 몰라. 같이 길을 찾아볼까?”

그 순간 신호등이 녹색불로 바뀌고 경쾌한 똑딱임이 빨라진다. 라스무스는 방향을 정하지 못한 채 천천히 길을 건너기 시작한다. 베니아민이 조용히 그의 옆에 선다. 길 한가운데서, 베니아민이 조심스럽게 라스무스의 손을 잡는다. 그도 그 손을 거절하지 않는다. 아무 말도 없이, 그들은 손을 맞잡은 채 나아간다. 길을 건넌 후, 두 사람은 자연스럽게 왼쪽으로 방향을 튼다. 넓고 텅 빈 쇼핑가를 향해. 베니아민이 라스무스를 이끄는지, 아니면 라스무스가 베니아민을 따르는지 알 수 없다. 모든 것이 조용하고 차분하고 느리다. 가끔 몇 대의 택시가 헤드라이트를 끄고 조용히 지나간다. 택시마저 없다면, 이 도시는 완전한 침묵 속에 가라앉았을 것이다.

그들은 계속 걷는다. 손을 맞잡은 채, 눈 속을 걸어간다. 어디로 가는지, 어떻게 가는지 아무도 알 수 없다. 하지만 그 순간만큼은 그것이 아무런 문제가 되지 않는다. 그들의 걸음은 매순간 새로웠고 그들이 가는 길은 어떤 방향이든 처음 맞는 세계처럼 느껴졌다. 도시는 점점 더 하얗게 물든다. 눈은 쉼 없이 내린다. 눈송이 하나하나가 그들 위로, 그들의 사이로, 조용히 내려앉는다.

그리고 다시 병실. 아직은 아니다. 지금은 아니다.

시간은 새벽 세 시를 가리킨다. 1982년 12월 25일. 그의 삶은 여전히 흔들리고 있다. 바람에 휘청이는 불꽃처럼, 한없이 작고 연약하다. 마치 갓 태어난 아기처럼, 그는 길고 하얀 병원복을 입고 누워 있다. 심장은 간신히 박동을 이어가고 숨은 점점 더 가늘어진다. 누가 여호와의 산에 오를 수 있을까. 누가 그 거룩한 땅에 이를 수 있을까. 순수한 손과 깨끗한 마음을 가진 자, 오직 그들만이.

그리고 오늘은 첫 번째 아침이다. 모든 것이 새롭게 태어나는 날.

그 먼 곳에서 두 사람은 아직도 걷고 있다. 흰 눈이 덮인 거리 위, 조용히, 그리고 확고히.

세상이 하얗게 변해가는 가운데, 그들의 걸음은 부드럽고 눈송이처럼 가볍다.

1983년 1월 22일, 스웨덴 연방 의회는 '동성애 질병' 혹은 '게이들의 전염병'으로 알려진 질병을 공식적으로 논의하자는 의안을 기각했다. 이 병은 미국에만 국한된 문제이며 스웨덴에는 영향을 미치지 않을 것이라는 이유에서였다.

같은 해 8월 9일, 로스락스툴 감염 질병 병원에서 처음으로 에이즈 환자가 사망했다. 이 소식은 순식간에 미디어를 통해 퍼졌고 사라는 아침 일곱 시에 전화를 걸어 라스무스를 깨웠다. 사라는 깊은 걱정과 떨림 섞인 목소리로 말했다.

"무슨 걱정하세요?"

라스무스는 약간 짜증 섞인 목소리로 어머니 말을 끊었다. 평소라면 '늘 조심하라'는 말 정도를 예상했지만, 사라는 뜻밖의 말을 꺼냈다.

"혹시 아는 사람이 그렇게 돼서 네가 슬퍼할까 해서."

"걱정 마세요! 우리가 모르는 사람이에요."

라스무스는 사라를 안심시켰다.

전화를 끊고 나서 그는 조용히 침대로 돌아와 담요 속으로 몸을 숨겼다. 잠결인 베니아민 위로 살며시 손을 얹고 다시 잠에 들었다.

로스락스툴 격리 병동에서 '주님의 부르심'을 받은 이는 레이네였다. 그들은 베니아민과 라스무스의 첫 친구였다. 불과 몇 달 전, 모두 함께 성탄절 파티에서 웃으며 건배하던 사이였다. 만약 그때 침대에 누워 있던 레이네를 보았다 해도, 베니아민과 라스무스는 그를 알아보지 못했을 것이다.

레이네는 너무 말라서 투명할 정도였다. 설사 탓에 몸속의 세균들은 멈추지 않았고 식욕마저 앗아갔다. 그는 혼자였고 병문안을 거부했다. 파울을 제외한 누구도 받아들이지 않았다. 죽기 몇 주 전에는 심지어 파울마저도 보지 않으려 했다. 그는 친구와 가족에게 자신이 아픈 사실을 알리지 않으려 고립과 격리를 선택했다. 그것은 그에게 절대적이고도 중요한 선택이었다.

죽기 얼마 전, 그는 거의 말조차 하지 않았다. 침묵 속에서 죽음과 싸우면서도 침착하게 침대에 누워 있었다. 가끔은 눈물을 흘리기도 했다. 아팠고 슬펐지만 누구도 알지 못했다.

바로 그때, 한 보조 간호사가 보호 장갑도 끼지 않은 채 그의 눈물을 닦아주었다. 나중에 경험 많은 선배나 동료들이 그녀를 꾸짖었다. 어떤 상황에서도 다시는 그렇게 해서는 안 된다고.

몇 달 뒤인 1983년 10월 12일, 보건복지부 의료 책임자인 렌나르트 린데르는 항의 방문한 RFSL 위원들에게 이렇게 약속했다.

"이 병을 앓는 분들께 병실을 충분히 제공하고 이 질병으로 돌아가신 분들을 위한 장례식과 묘지를 성실히 준비하겠습니다."

장갑없이 눈물을 닦지 마세요 1

1판 1쇄   2026년 4월 20일

지은이   요나스 가르델
옮긴이   윤지산
편집   김효진
교열   이수정
디자인   최주호
펴낸곳   마르코폴로
등록   제2021-000005호
주소   세종시 다솜1로9
이메일   laissez@gmail.com
인스타그램 instagram.com/marcopolopress

ISBN   979-11-24110-06-5   03850

책 값은 뒤표지에 있습니다. 잘못된 책은 교환하여 드립니다.